tatort

Das Phantom

Dieses Buch ist ein Roman. Handlungen und Personen sind frei erfunden. Ähnlichkeiten mit lebenden oder toten Personen sind rein zufällig.

tatort

Das Phantom

Kriminalroman von
Martin Schüller nach
einem Drehbuch von
Norbert Ehry

emons:

FSC
www.fsc.org
MIX
Papier aus verantwortungsvollen Quellen
FSC® C083411

Agentur: WDR mediagroup licensing GmbH
Kriminalroman nach der gleichnamigen ARD-Serie »Tatort«
ARD-Tatort-Koordinator: Prof. Gebhard Henke,
Leiter des WDR-Programmbereiches Fernsehfilm, Kino und Serie
Tatort-Drehbuchautor: Norbert Ehry
Umschlagfoto: WDR/Uwe Stratmann
Umschlaggestaltung: Weusthoff-Noël, Hamburg (www.wnkd.de)
Druck und Bindung: CPI – Clausen & Bosse, Leck
Printed in Germany 2010
ISBN 978-3-89705-747-0

Wir bedanken uns bei der Redaktion des Westdeutschen Rundfunks für die freundliche Unterstützung.

Die Titelabbildung zeigt Klaus J. Behrendt als Hauptkommissar Max Ballauf und Dietmar Bär als Hauptkommissar Freddy Schenk.

EINS

Der Mann trat aus der Tür des grauen Wohnblocks in Köln-Vingst. Es hatte aufgehört zu regnen, aber die Nacht war kalt. Er schlug den Kragen seiner schwarzen Lederjacke hoch, dann ging er mit entschiedenen Schritten auf seinen grauen Golf zu, der fünfzig Meter weiter am Straßenrand geparkt war. Man hätte ihn gut kennen müssen, um zu erkennen, dass er nervös war.

Aber niemand kannte ihn gut.

Er stieg ein. Eine Weile saß er mit geschlossenen Augen hinter dem Steuer und atmete konzentriert. Schließlich zerrte er die Sturmmaske aus der Jackentasche und legte sie neben sich auf den Beifahrersitz. Dann zog er die Pistole aus dem Hosenbund. Mit einem Blick ins Rund versicherte er sich, dass er allein war. Die Straße war leer, nur eine Katze streunte zwischen den geparkten Wagen auf der Suche nach Beute.

Er lächelte schmal. Auch er streunte jagend durch die Nacht. Aber er brauchte seine Beute nicht zu suchen. Er wusste, wo er sie finden würde. Sie wartete auf ihn.

Er zog das Magazin der Waffe heraus und überprüfte es, obwohl er das eben in seiner Wohnung schon getan hatte.

Sicher ist sicher, dachte er.

Es war voll. Acht Neun-Millimeter-Patronen steckten darin. Er steckte es wieder in den Griff der Waffe und diese zurück in die Lederjacke. Dann drehte er den Zündschlüssel und fuhr los.

Ruhig ließ er den Wagen durch Vingst rollen, dann bog er auf die Ostheimer Straße. Am Kreisel hinter der

Bahnunterführung fuhr er die Kapellenstraße hoch. Gelassen hielt er sich in der Tempo-30-Zone an die Geschwindigkeitsbegrenzung. An der Kalker Hauptstraße bog er links ab, hinter der nächsten Unterführung rechts in Richtung Deutz.

Der nasse Asphalt der Straße reflektierte die Lichter der Nachttankstelle. Der Mann registrierte zufrieden, dass nur ein einzelner Wagen an den Zapfsäulen unter dem geschwungenen Dach der Tankstelle stand, ein Opel-Kombi. Die Zapfpistole war eingehängt, der Fahrer war im Kassenhaus. Er hielt dahinter und wartete.

Schon nach wenigen Sekunden kam eine junge Frau aus der Tür. Eilig und ohne den Golf zu beachten, stieg sie in den Wagen und fuhr los.

Der Mann griff nach der Sturmmaske und öffnete die Wagentür. Noch einmal sah er sich um. Auf der Deutz-Kalker Straße rollte ein Wagen vorbei, sonst war niemand zu sehen. Entschlossen zog er die Maske über den Kopf und betrat den Kassenraum.

Hinter dem Tresen stand ein schlaksiger Bursche von Mitte zwanzig. Er war in eine Zeitung vertieft, die vor ihm auf dem Tresen lag. Als er aufsah, blickte er in den Lauf der Neun-Millimeter.

»Kasse auf, Geld raus«, sagte der Mann kalt.

Der Kassierer sah ihn in einer Mischung aus Unglauben und Angst an, aber er rührte sich nicht.

»Nun mach schon!«, schrie der Mann. Er riss ihm die Zeitung aus den Fingern und zielte mit der Waffe mitten in das Gesicht des Kassierers.

Jetzt endlich kapierte der Bursche und öffnete eilig die Schublade der elektronischen Kasse. Hastig zerrte er die Geldscheine raus und reichte sie dem Mann. Er nahm das schmale Bündel und sah es ungläubig an.

»Willst du mich verarschen?«, brüllte er.

»Mehr hab ich nicht!« Der Kassierer wies auf die Schublade. »Mehr ist nicht da!«

Der Mann beugte sich über den Tresen und sah in die Kasse. Der Bursche sagte die Wahrheit. Schöner Mist. Die ganze Aktion und all das Risiko für vielleicht vierhundert Euro. Wütend holte er aus, um dem Kassierer mit der Waffe ins Gesicht zu schlagen, da nahm er aus den Augenwinkeln plötzlich eine Bewegung wahr. Er fuhr herum.

»Kommen Sie schnell«, hörte er eine gepresste Stimme flüstern.

Hinter dem Regal mit den Weinflaschen stand jemand. Mit wenigen Schritten war er um das Regal herum. Ein Typ in einem hellen Stoffmantel starrte ihn erschrocken an. Er hielt das Handy noch am Ohr.

Der Mann mit der Maske stieß einen Fluch aus. Dann hob er die Waffe und schoss.

***

»Das heißt, zunächst hat der Täter den Kunden gar nicht bemerkt«, sagte Hauptkommissar Freddy Schenk.

»Genau.« Der Kassierer nickte. Sein Atem hatte sich immer noch nicht beruhigt. Angespannt sah er den Sanitätern in den neonfarbenen Warnwesten hinterher, die den schwer verletzten Kunden auf einer Rolltrage aus dem Kassenraum zum Rettungswagen schoben. Endlich. Fast dreißig Minuten hatte der Notarzt gebraucht, den Mann so weit zu stabilisieren, dass man ihn transportieren konnte.

Sie hatten ihm eine Beatmungsmaske übergestülpt, und einer der Sanitäter trug einen Infusionsbeutel in der gehobenen Hand, während er mit der anderen die Trage aus der Glastür steuerte.

Dort, wo der Mann gelegen hatte, war eine große schwärzlich rote Lache. Ein Mann von der Spurensicherung kniete daneben und nahm eine Probe des gerinnenden Blutes.

Der Kassierer schüttelte in hilflosem Ärger den Kopf. »Die Kohle hatt ich ihm schon gegeben. Auf einmal checkt der den Kerl da mit seinem Handy.« Er wies in Richtung des Regals mit den Weinflaschen. »Ich denk noch, was will der Arsch den Helden markieren. Jedenfalls, der ruft die Bullen an …«, erschrocken sah er zu Freddy und korrigierte sich hastig, »die Polizei mein ich, und der Typ fackelt nicht lang. Und bum, bum …«, er zielte mit einer imaginären Pistole in den Raum, »… und der andere liegt flach.«

Hauptkommissar Max Ballauf nickte verstehend. Draußen, vor den großen Fenstern, versuchten die uniformierten Kollegen, die Schaulustigen in Schach zu halten. Er sah hinauf zu dem geschwungenen Dach über den Zapfsäulen. An dessen Rand entdeckte er eine Überwachungskamera. Er blickte zur Decke des Kassenraumes und zählte nicht weniger als vier weitere.

»Die Kameras waren an?«

Der Kassierer nickte eifrig. »Ja sicher«, sagte er. »Aber der Typ war maskiert.«

»Wo wird denn das aufgezeichnet?«, fragte Ballauf.

»Ich sag dem Chef Bescheid.« Der Kassierer ging hinter seinen Tresen zurück. Er nahm ein Mobiltelefon aus dem Regal und drückte ein paar Tasten.

»Was war ungefähr so in der Kasse?«, fragte Freddy.

Der Kassierer hielt das Telefon ans Ohr und zuckte die Achseln. »Ein paar hundert vielleicht«, sagte er. »'ne

Stunde vorher hat der Chef alles mitgenommen, bis aufs Wechselgeld.« Er wies mit der freien Hand auf das Telefon, offenbar hatte sich jemand gemeldet. »Hallo, Chef«, sagte er in resigniertem Ton. »Schöne Scheiße! Raten Sie mal, was hier los ist …«

***

»Das kann doch nicht sein!«

Freddy Schenk saß in seinem Büro. Er starrte auf den Videomonitor und traute seinen Augen nicht.

Die Techniker hatten ihnen in der Nacht noch einen Zusammenschnitt aus den verschiedenen Kameraperspektiven gemacht. Das Geschehen an der Tankstelle wurde komplett gezeigt. Man sah den Mann aus seinem Wagen steigen, die Maske überstülpen und zügig in den Kassenraum gehen.

Dann ein Schnitt auf eine der Innenkameras.

Der Mann bedroht den überraschten Kassierer, zerrt ihm wütend die Zeitung aus der Hand. Er nimmt das Geld, beugt sich hinüber, um in die Kasse zu sehen.

Nächster Schnitt: Der Rücken des Opfers schiebt sich ins Bild. Mit dem Handy am Ohr lugt der Mann um ein Regal herum.

Wieder ein Schnitt. Der Räuber fährt herum, macht ein paar rasche Schritte und schießt den Mann mit zwei Kugeln nieder. Dann läuft er aus dem Kassenraum.

Das Geschehen auf dem Monitor wiederholte sich.

Freddy schüttelte den Kopf. Das konnte nicht sein, was er hier sah. Nichts an dem Überfall war besonders außergewöhnlich. Er war unnötig brutal, das ja, aber so etwas kam laufend vor, leider. Ein ganz normaler Raubüberfall also, aber eine einzige Sekunde dieses Videos ließ Freddys Magen zu einem kalten Klumpen zusammenkrampfen.

Es war die Sekunde, als der Mann aus dem Wagen stieg. Die eine Sekunde, bevor er die Maske herunterzog. Die Sekunde, in der er sein Gesicht unverhüllt der Kamera zeigte.

Dies konnte nicht sein.

Freddy kannte das Gesicht. Er kannte den Mann genau.

Er hieß Ronald Lochte.

Freddy hatte ihn verhaftet, vor sechs Jahren. Wegen eines brutalen Raubüberfalls. Er hatte dafür gesorgt, dass der Mann in den Knast kam.

Und da saß er immer noch.

Freddy fuhr sich mit der Hand über die Augen. Das Telefon auf dem Schreibtisch neben ihm läutete, aber er nahm es nicht wahr. Gebannt starrte er auf die nächste Wiederholung der Videosequenz.

»Morgen«, sagte Max Ballauf und ging zielstrebig auf die Kaffeemaschine zu.

»Morgen, Max«, sagte Franziska. Sie saß an ihrem Computer und übertrug mit dem Kuli etwas vom Bildschirm in ein Formular. »Der verletzte Kunde ist außer Lebensgefahr«, sagte sie mit einem flüchtigen Blick über die Schulter zu Ballauf.

»Ja, ist doch klasse!« Ballauf stellte die Kaffeekanne zurück in die Maschine und nahm seinen Becher. »Können das also die Kollegen vom Raubdezernat übernehmen«, sagte er nach dem ersten Schluck Kaffee. »Müssen *wir* das nicht machen.«

Irritiert sah er zu Freddys Tür. Im Büro des Kollegen klingelte das Telefon. Er war sich sicher, ihn eben durch die Glasscheibe da sitzen gesehen zu haben, aber es läutete immer weiter. Den Becher in der Hand, schlenderte er hinüber.

»Morgen, Freddy«, sagte er, aber der Kollege Schenk reagierte nicht. Er saß auf einem Stuhl, eine Fernbedienung in der Hand, und starrte den Videomonitor an, als habe er ein Gespenst gesehen.

»Jetzt nimm doch mal ab«, sagte Ballauf und deutete mit dem Kinn auf das läutende Telefon, aber Freddy reagierte immer noch nicht.

»Was ist denn?«, fragte Ballauf.

Freddy hob die Fernbedienung und ließ die Kameraaufzeichnung zurücklaufen. Dann hielt er sie an, genau an der Stelle, an der das Gesicht des Täters erkennbar war.

»Der Typ da …«, sagte Freddy zögernd.

»Na und?« Ballauf warf einen genervten Blick auf den quengelnden Telefonapparat. »Kennst du den?«

Kopfschüttelnd und mit einem Stöhnen ließ Freddy sich in seinem Stuhl nach hinten sacken. »Das gibt's doch gar nicht«, murmelte er. »Der kann das gar nicht sein!«

ZWEI

Freddy war ungewöhnlich schweigsam während der Fahrt nach Ossendorf. Ballauf warf ihm ein paarmal einen forschenden Blick zu, aber Freddy bemerkte es nicht. Er hing im Fahrersitz des blauen Ford Mustang, sah starr geradeaus und kratzte sich immer wieder am Kinn.

Ballauf war damals an dem Fall gar nicht beteiligt gewesen. Vielleicht war er in Urlaub. Er konnte sich nicht erinnern, dass Freddy ihn je erwähnt hätte. Irgendein Raubüberfall eben.

Routine.

Wahrscheinlich gab es Zeugen; aus deren Aussagen würde man eine Täterbeschreibung und ein Phantombild gemacht haben. Dann hatten sie es an die Presse gegeben, vielleicht gab es noch Plakate, vielleicht sogar eine Belohnung, ziemlich bald jedenfalls einen Hinweis aus der Bevölkerung.

Ronald Lochte war vorbestraft. Er wurde verhaftet, er leugnete, aber die Zeugen erkannten ihn zweifelsfrei wieder, er leugnete weiter, Freddy fand ein paar zusätzliche Indizien, und zack: neun Jahre.

Wenn sich jetzt wirklich rausstellen sollte, dass sie ihn damals schlicht verwechselt hatten, war das natürlich bitter für Freddy.

Nicht so bitter wie für Lochte, aber immer noch bitter genug.

Freddy stellte den Mustang auf dem Dienstwagenparkplatz der JVA ab, und sie stiegen aus. Immer noch sagte Freddy nichts. Auch während der Einlasskontrollen und dem Formularkram stand er nur düster brütend da, die Hände in die Taschen seines Mantels gerammt.

»Lochte hat noch Besuch«, sagte der Schließer, der ihnen die Gittertür zu dem Gang mit den Besuchszellen öffnete. Er deutete auf einen Überwachungsmonitor, der drei Personen in einem schmucklosen, kahlen Raum zeigte: einen Wachmann, der direkt neben der Tür saß, und zwei weitere Personen. Ein Mann von Ende zwanzig und eine Frau saßen sich gegenüber, ein Tisch zwischen ihnen. Das Gesicht der Frau war nicht zu erkennen. Sie hatte glattes dunkles Haar, das ihr bis auf die Schulter fiel.

»Soll ich die rausholen?«, fragte der Schließer.

Ballauf wollte gerade »Ja« sagen, aber Freddy schüttelte entschieden den Kopf.

»Nee, lassen Sie mal«, sagte er. Als Ballauf ihn fragend ansah, hob er nur die Schultern. »Oder dauert's noch lange?«, fragte er den Schließer.

»Die Besuchszeit dauert noch ein paar Minuten«, antwortete der.

»Auf ein paar Minuten kommt's nicht an«, murmelte Freddy. »Jetzt nicht mehr.«

Sie warteten also. Freddy geduldig, Ballauf eher gereizt. Aber er versuchte, sich nichts anmerken zu lassen.

Sie sahen auf dem Monitor zu, wie die beiden miteinander sprachen. Ton gab es keinen dazu. Als die paar Minuten um waren, erhob sich der Wachmann und deutete zur Tür. Die Frau stand sofort auf, auch der junge Mann. Sie verabschiedeten sich mit einer herzlichen Umarmung und einem scheuen Kuss auf den Mund voneinander. Dann öffnete sich die Tür, vor der sie standen, und die Frau, gefolgt von dem Wachmann, kam heraus. Die Frau hielt überrascht inne, als sie sie dort stehen sah.

Sie war Ende dreißig, wirkte ein gutes Stück älter als der Mann, den sie gerade besucht hatte. Ihr hübsches, schmales Gesicht wurde von den dichten dunklen Haaren umrahmt. Die dunklen Augen bedachten die beiden Kommissare mit einem misstrauischen Blick.

Ziemlich hübsch, dachte Ballauf.

Er nickte ihr einen Gruß zu, aber sie ging weiter Richtung Gittertür, ohne ihn zu erwidern. Ballauf sah ihr nach.

»Das mach *ich* jetzt mal«, sagte er dann, als der Schließer mit seinem scheppernden Schlüsselbund die große Tür für die Frau geöffnet hatte.

»Hmhm …«, machte Freddy nur und nickte verstehend. Zu einem anderen Zeitpunkt wäre ihm eine passende Bemerkung über Ballaufs Affinität zu weiblichen Zeugen eingefallen. Nun sah er ihm nur mäßig amüsiert nach und wandte sich dann der Tür der Besucherzelle zu.

Ronald Lochte stand darin, mit beiden Händen am Türrahmen abgestützt, und sah ihm in einer Mischung aus Unglauben und Vorsicht entgegen. Freddy war froh, dass er keinen Hass in dem Blick entdeckte.

»Ich geh mal rein, Kollege«, sagte er.

Der Schließer nickte nur. Freddy folgte Lochte in die Zelle und zog die Tür hinter sich zu. Mit einem lauten, metallenen Krachen fiel sie ins Schloss.

Lochte ging um den Tisch herum, auf der Hut, als wolle er sichergehen, ihm nicht direkt gegenüberzustehen. Er wirkte sprungbereit, wie ein aufgeschrecktes Tier, das sich auf einen Kampf vorbereitet, vor dem es sich fürchtet.

Freddy setzte sich an den Tisch und lehnte sich zurück. Nun setzte sich auch Lochte hin, vorsichtig, seitwärts auf den Stuhl, den Arm auf dessen Rückenlehne gelegt. Es sollte lässig wirken, aber für Freddy sah es sehr angespannt aus.

»Gut sehen Sie aus«, sagte er und lächelte Lochte freundlich an. Er meinte es ernst. Der junge Mann war drahtiger und breitschultriger, als er ihn in Erinnerung hatte. »Viel Sport, hm?«

»Sie aber auch, Kommissar.« Lochte sah grinsend auf Freddys in der Tat ordentlich angewachsene Plauze. »Hausmannskost, wie?«

Freddy nickte und lachte pflichtschuldig dazu.

»Wie lange sitzen Sie schon, Lochte?«, fragte er dann.

»Fünf Jahre, zehn Monate und ... zwei Wochen.« Nur bei der Zahl der Wochen hatte Lochte kurz gezögert, ansonsten kam die Antwort wie aus der Pistole geschossen.

»Von neun Jahren.« Freddy rechnete kurz. »Bleiben noch drei.«

»Nix da!« Mit einem Lachen sprang Lochte von seinem Stuhl auf. »Nächste Woche bin ich draußen«, sagte er und begann an der Zellenwand entlang auf und ab zu gehen. »Da staunen Sie, was?«

Freddy staunte tatsächlich, und das war ihm anzusehen. Die Augenbrauen schoben sich weit in seine hohe Stirn. »Offener Vollzug?«, fragte er ungläubig. »Aber Sie haben nie gestanden!«

Lochte nickte. Langsam kam er wieder zum Tisch.

»Und das war 'n Fehler«, sagte er ernst und setzte sich wieder. »Ich hab mittlerweile gestanden. Und meine Tat bereut.«

»Ach ...« Auf Freddys Stirn bildete sich eine steile Falte.

»Haben Sie sie gesehen, Herr Kommissar?«, fragte Lochte mit einem seligen Lächeln im Gesicht.

Freddy nickte verstehend. Er beugte sich vor und legte die gefalteten Hände auf den Tisch.

»Lochte, ich glaubte, dass Sie zu Unrecht hier drinnen sitzen«, sagte er eindringlich.

»Wie kommen Sie denn *da*rauf?« Lochte sah ihn an, wach und misstrauisch. »Auf einmal?«

»Ich glaube, dass da draußen jemand rumläuft, der Ihnen verflucht ähnlich sieht«, sagte Freddy. »Und der sein Geld mit Überfällen macht.«

»Und der das damals auch war?« Lochte lehnte sich in seinem Stuhl zurück. Sein Blick war alarmiert.

»Wenn Sie es *nicht* waren, müssen Sie bei der Wahrheit bleiben«, sagte Freddy.

Lochte sah ihn an, als fürchte er, mit einem gefährlichen Irren am Tisch zu sitzen.

»Und die drei Jahre auch noch absitzen?«, fragte er fassungslos.

***

Ballauf erreichte die Frau, als ihr gerade die Gittertür zum Innenhof des Gefängnisses aufgeschlossen wurde.

»'tschuldigung«, sagte er und hielt ihr die Plastikhülle mit seinem Dienstausweis hin.

Sie blieb stehen und sah ihn unverhohlen misstrauisch an.

»Ballauf mein Name, Kripo Köln. Darf ich Ihnen vielleicht 'n paar Fragen stellen, Frau ...« Ballauf sah sie fragend an.

»Radek«, antwortete sie widerwillig. »Verena Radek.«

Sie war schlank und groß gewachsen und trug ein streng wirkendes graues Kostüm. Der abweisende Blick in ihren Augen verhärtete ihr Gesicht, das Ballauf nach wie vor sehr hübsch fand. Für seinen Geschmack passte sie überhaupt nicht auf einen Gefängnishof. Allenfalls als Anwältin.

»Sie sind befreundet mit Herrn Ronald Lochte?«, fragte er.

Sie zuckte die Achseln und setzte sich wieder in Bewegung, quer über den Hof in Richtung Ausgang. Ballauf blieb neben ihr. Mit einem Blick über die Schulter stellte Ballauf fest, dass der Schließer dicht hinter ihnen herging. Sein neugieriges Gesicht ließ darauf schließen, dass er für jede Neuigkeit dankbar war, die er aufschnappen konnte. Ballauf konnte ihn verstehen. Der Job gehörte natürlich wirklich nicht zu den aufregendsten.

»Könnte es vielleicht sein, dass er einen Bruder hat, der ihm sehr ähnlich sieht?«, fragte er Frau Radek. »Ich meine jemanden, der ihm *sehr*, sehr ähnlich sieht.«

»Nein, nicht dass ich wüsste. Wieso? Ist das wichtig?«, fragte sie und sah mit zusammengekniffenem Mund geradeaus.

»Ist nur so 'ne Idee«, sagte Ballauf leichthin.

»Ah, nur so 'ne Idee.« Sie ließ ein kleines, spöttisches Lachen hören. »Und deshalb kreuzen Sie hier extra auf?« Immer noch sah sie Ballauf nicht an.

»Mein Kollege meinte, dass sich die Sachlage da ein bisschen verändert hat«, sagte Ballauf.

Nun blieb sie stehen und sah ihn doch an. »Sie meinen, er ist doch unschuldig?«, fragte sie ungläubig.

Ballauf stieß ein vages »Pfffhhh« aus, das alles Mögliche bedeuten konnte. Er hatte nicht vor, sich vor Frau Radek unnötig festzulegen. Vorsichtshalber wechselte er das Thema.

»Wie soll ich mir das vorstellen?«, fragte er. »Sie sind

mit 'nem Strafgefangenen befreundet, der noch 'n paar Jahre abzusitzen hat.«

Frau Radek setzte sich wieder in Bewegung.

»Ronny und ich, wir kennen uns fast zwei Jahre«, sagte sie mit hohntriefender Stimme. »Sein Bild steht neben meinem Bett, und ich zähle die Tage, bis er endlich rauskommt, damit wir heiraten und Kinderchen kriegen können.«

Ballauf trabte neben ihr her.

»Das ist jetzt die offizielle Version für die Sozialprognose«, sagte er. »Und wirklich?«

Sie sah starr geradeaus. »Er hat neun Jahre gekriegt für einen Banküberfall«, sagte sie.

»Nee«, unterbrach Ballauf sie. »Dafür, dass er jemanden auf seiner Flucht totgefahren hat. *Dafür.*«

»Aber er war's nicht. Und das hat er immer gesagt. Und was kam dabei raus?«

Sie erreichten den nächsten Gebäuderiegel und mussten warten, während der Wachmann umständlich die schwere Stahltür aufschloss.

»Fast sechs Jahre unschuldig im Knast.« Frau Radek sah Ballauf hasserfüllt an. »Und jetzt, wo sie ihn früher rauslassen wollen, wenn er alles gesteht und auf reuigen Sünder macht – da soll er plötzlich unschuldig sein?«

Der Schließer hatte die Tür endlich auf.

»Guten Tag«, sagte Frau Radek noch, in einem Ton, der keinen Zweifel an der Endgültigkeit ihres Abschieds ließ, dann verschwand sie in der Tür und ließ Ballauf stehen.

Freddy zog ein großes Foto aus der Tasche, als sie aus dem Gefängnis auf den Parkplatz traten. Es war die Vergrößerung eines Screenshots von der Überwachungskamera der Tankstelle und zeigte den Räuber in dem Sekundenbruchteil, bevor er die Maske über das Gesicht zog. Er hielt Ballauf das Bild hin. Das Bild war schwarz-weiß und pixelig, aber das Gesicht des Täters war klar erkennbar.

»Die Ähnlichkeit ist doch frappierend, oder?«, fragte er.

Ballauf sah auf das Bild und nickte. Es war kein Wunder, dass die Zeugen damals Stein und Bein geschworen hatten, Lochte wiederzuerkennen. Der Mann hatte einen echten Doppelgänger.

Ein Auto fuhr an ihnen vorbei zur Ausfahrt, ein grauer Golf. Am Steuer saß Verena Radek. Sie sah nicht zu ihnen her, obwohl sie sie bemerkt haben musste.

»*Sie* steckt dahinter!«, sagte Freddy. »Sie hat ihn dazu gebracht, dass er gesteht, der sture Hund, damit er vorzeitig rauskommt.«

Ballauf sah kopfschüttelnd dem Wagen hinterher.

»Aber wie kommt dieser Kerl an so 'ne Frau?«

Freddy steckte das Bild wieder ein. »Hände, Augen, Arsch«, sagte er.

»Was?«, fragte Ballauf verständnislos.

Freddy zog den Autoschlüssel aus der Manteltasche und ging auf seinen Wagen zu.

»Das steht doch in jedem Männermagazin«, sagte er. »Worauf Frauen als Erstes achten, beim Mann.« Er schloss die Fahrertür auf und sah Ballauf über das Autodach hinweg an. »Bei mir sind's die Augen, auf die sie abfahren.«

Ballauf sah ihn an, als traue er seinen Ohren nicht. Die Idee war ihm nie gekommen, dass irgendjemand auf Freddy Schenks Augen *abfahren* könnte. Schon gar nicht eine Frau.

»Doch«, sagte Freddy. »Meine Alte hat immer gesagt, ein Blick von mir, und sie war völlig wehrlos.«

Ballaufs Blick wurde eher noch ungläubiger, aber Freddy ließ sich nicht beeindrucken.

»Echt«, sagte er und stieg in den sehr männlichen Sportwagen.

***

Freddy stand vor einem Stadtplan, den er an die Pinnwand in seinem Büro gehängt hatte und auf dem kleine Plastikfähnchen die verschiedenen Tatorte der Raubserie markierten. Sie waren über das gesamte Stadtgebiet verstreut, überwiegend allerdings rechtsrheinisch.

»Meistens hat er's auf Tankstellen abgesehen«, sagte Freddy in Richtung Tür.

Ballauf saß an seinem Schreibtisch und schlug die Akte auf, die er von der JVA bekommen hatte.

»Verena Radek«, stand in dicken Filzstiftbuchstaben darauf.

»Aber wir haben auch fünf ungeklärte Banküberfälle«, rief Freddy aus seinem Büro herüber. »Alle mit großen Abständen dazwischen.«

Ballauf blätterte langsam von Seite zu Seite.

»Jetzt rat mal, was sie ist«, sagte er. »Kunstlehrerin!«

»Ich glaub, der Typ zieht nur los, wenn er dringend Geld braucht«, rief Freddy. Als er bemerkte, dass von Ballauf keine Reaktion kam, trat er in die Tür. »Sag mal, hörst du mir überhaupt zu?«, fragte er.

Ballauf sah auf. »Klar«, sagte er. »*Wofür* brauchst du Geld?«

Freddy ließ die Schultern sinken und verzog resigniert das Gesicht. »Ach, vergiss es«, sagte er und ging hinüber zur Kaffeemaschine. »Ich frag mich nur, warum noch keiner drauf gekommen ist, dass Lochte für 'nen andern brummt«, sagte er nachdenklich.

DREI

Die rote Alarmanzeige wäre gar nicht nötig gewesen. Lochtes Gebrüll hallte durch den ganzen Block 10. Wärter hasteten Stahlgittertreppen hinauf und hinunter, hin zum ersten Stock, wo der Lärm seinen Ursprung hatte. Schon begannen die ersten Gefangenen, den Tobenden mit Bambule zu unterstützen. Immer mehr der Männer trommelten mit irgendwelchen harten Gegenständen gegen ihre Zellentüren. Der Lärm nahm bedrohliche Ausmaße an.

Der erste Wärter, der die Tür erreichte, öffnete das Guckloch. Lochte war gerade dabei, sein Bücherbord auf dem Tisch zu zerschlagen, und schrie dabei wie am Spieß. Auf dem Tisch lagen ein aufgerissener Umschlag und das amtliche Schreiben, dass der Wärter Lochte vor wenigen Minuten erst in die Zelle gebracht hatte.

Es dauerte nur ein paar Sekunden, bis sie zu viert vor der Tür standen. Einer schloss auf und die anderen stürmten in die Zelle.

»Lochte, mach keinen Scheiß!«, schrie der erste der Männer, aber der Tobende packte den Stuhl und ging damit auf ihn los. Den ersten der Wachmänner erwischte er an der Schulter, er ging zu Boden, aber die anderen stürmten über den gestürzten Kollegen hinweg und stürzten sich auf den Rasenden.

»Lasst mich, ihr Schweine!«, schrie Lochte

Aber das Handgemenge in der engen Zelle dauerte nur wenige Sekunden. Die Wärter packten ihn an Armen und Beinen und warfen ihn auf den Boden.

***

»Wer hat's Ihnen vermasselt?«, fragte Freddy.

Lochte zuckte die Achseln. »Die Kommission«, nuschelte er. Er hing zusammengekrümmt auf dem Stuhl des Besucherraums. Sein Gesicht war von blauen und roten Hämatomen übersät, und Freddy vermutete eine ganze Reihe weitere unter Lochtes blauem Gefängnisoverall. Die Wärter hatten es offensichtlich nicht sehr freundlich aufgenommen, dass er einem von ihnen wehgetan hatte.

»Die glauben, ich wär gar nicht einsichtig. Ich würd den reuigen Sünder bloß spielen, weil ich unbedingt rauswill«, sagte Lochte leise.

»Wie abwegig«, sagte Freddy spöttisch. Er lehnte neben der Tür an der Wand und sah auf den schmalen jungen Mann hinunter. »Wann können Sie einen neuen Antrag stellen?«

Lochte winkte ab, so gut er das mit seinen gefesselten Händen hinbekam. »In drei Jahren komm ich ohnehin raus. Die krieg ich jetzt auch noch rum.«

Freddy stieß sich von der Wand ab und stellte sich hinter Lochtes Stuhl. »Müssen Sie nicht«, sagte er. »Ich glaube, dass Sie unschuldig sind. Und wenn wir den Richtigen schnappen, sind Sie voll rehabilitiert.«

Er legte Lochte die Hand auf die Schulter, aber der befreite sich mit einer ärgerlichen Körperbewegung davon.

Freddy zuckte die Achseln. Er konnte den Mann nur zu gut verstehen. Langsam ging er zur Tür, hob die Hand und klopfte mit den Knöcheln dagegen.

»Kann ich noch irgendwas für Sie tun?«, fragte er.

Lochte sah ihn nicht an. »Ich komm schon klar«, sagte er nur.

Ein Schlüssel drehte sich im Schloss, und die Tür wurde geöffnet. Freddy war schon halb draußen, als Lochte sich doch noch zu ihm umdrehte.

»Ach, Herr Kommissar ...«, sagte er, und Freddy sah ihn an. »Warum sind Sie eigentlich so freundlich zu mir?«, fragte Lochte und grinste böse. »Gutes Herz oder schlechtes Gewissen?«

Freddy biss die Zähne zusammen. Er nickte dem Schließer zum Abschied zu und machte sich auf den Weg zum Ausgang.

***

Die Fäuste in die Taschen seines Jacketts gerammt, stand Freddy vor der Pinnwand in seinem Büro und starrte die großformatigen Fotos an, die daran hingen. Alles Aufnahmen des Räubers, die die Techniker aus den Überwachungsvideos herausgefiltert hatten.

Die alten Polizeifotos, die sie bei Lochtes Verhaftung gemacht hatten, hingen über den anderen. Immer wieder verglich Freddy die Bilder. Auf den meisten der Bilder trug der Räuber die Sturmmaske, aber selbst damit sah er aus wie Lochte.

Er schüttelte resigniert den Kopf.

»Max«, sagte er, »ich glaub, ich hab ihn auf dem Gewissen.«

Ballauf trat neben ihn. »Was sagt denn das Vergleichsgutachten?«, fragte er.

»Nicht ganz eindeutig«, seufzte Freddy.

Ballauf studierte ebenfalls die Bilder, und sie ließen auch bei nüchterner Betrachtung befürchten, dass Freddy tatsächlich recht hatte.

»Freddy, du hast doch nur deinen Job gemacht«, sagte Ballauf.

Freddy antwortete nicht. Er drehte sich weg und setzte sich an seinen Schreibtisch. Er wollte nicht, dass Ballauf ihm tröstend die Hand auf die Schulter legte. Das hätte ihm gerade noch gefehlt.

Aber natürlich hatte Ballauf recht. Er hatte nur seinen Job gemacht. Aber in ihrem Job konnten Fehler eben schreckliche Konsequenzen haben. Lochte war jetzt acht- oder neunundzwanzig. Seit sechs Jahren saß er im Knast.

Wenn Freddy sein Leben Revue passieren ließ, war Mitte zwanzig das Alter gewesen, das ihm am meisten Spaß gemacht hatte.

Er griff zu seinem Kaffeebecher. Das Gebräu darin war lau und eklig.

***

»Was ist denn jetzt schon wieder?«, fragte der Wärter ärgerlich.

Lochte lag auf seinem Bett und krümmte sich vor Schmerz.

»Ach du Armer. Haben die Kollegen dir wehgetan?« Der Wärter grinste höhnisch.

Aber Lochte schüttelte mit verzerrtem Gesicht den Kopf. »Mein Bauch«, stieß er hervor. »Ich hab Krämpfe … tierisch!«

»Krämpfe?« Der Wärter runzelte misstrauisch die Stirn.

»Das brennt und sticht wie wahnsinnig!« Lochte presste die Hände auf die rechte Seite des Unterleibs. »Ich brauch ‘nen Arzt!«

Der Wärter zögerte eine Sekunde, dann nickte er. Er ging hinaus, schloss hinter sich ab und lief dann zum Telefon.

Das fehlt noch, dachte er, dass ausgerechnet während meiner Schicht einer an 'nem geplatzten Blinddarm verreckt.

Lochte lag seitlich auf der Rolltrage und presste die gefesselten Hände gegen den Bauch. Er atmete zischend durch die zusammengebissenen Zähne.

»Halt durch, Mann, wir sind gleich da«, sagte einer der Wachtmeister, die ihn im Laufschritt den Krankenhausflur entlangschoben.

Eine junge blonde Krankenschwester wies ihnen den Weg und schob die Metalltür des Ambulanzraumes auf.

»Warum kann so ein Blinddarm nicht mal tagsüber durchbrechen?«, sagte sie mit einem freundlichen Lächeln. »Es läuft so ein schöner Film im Fernsehen.«

Der Wärter lächelte zurück. »Wir hätten Ihnen das gern erspart«, sagte er. »Aber der Mann hat es verdammt eilig.«

Die Schwester lachte. »Nehmen Sie ihm erst mal die Handschellen ab. Ich such den diensthabenden Chirurgen.«

Die beiden schoben die Trage in die Mitte des Raumes und arretierten die Feststellbremse.

»Sie müssen mir für ihn noch quittieren«, sagte einer der Beamten.

Die Schwester nickte. »Bin gleich wieder da«, sagte sie und verschwand auf dem Gang.

Der Wachtmeister setzte sich an den kleinen Schreibtisch in der Ecke und begann das Formblatt auf seiner Kladde auszufüllen, während sein Kollege dem stöhnenden Patienten die Handschellen aufschloss.

Im selben Moment, in dem das erste der beiden Schlösser offen war, hörte das Stöhnen schlagartig auf, und Lochte rammte seinem Bewacher mit aller Kraft die Faust ins Gesicht. Er traf den Mann seitlich am Unterkiefer und meinte, etwas brechen zu fühlen. Der Beamte wurde herumgeschleudert und fiel hintenüber, dabei schlug sein Hinterkopf auf eine Arbeitsplatte voller medizinischer Apparate. Im hilflosen Versuch, den Sturz abzufangen, riss er etliche davon mit zu Boden. Für einen Sekundenbruchteil sah er Lochte an, und sein Blick zeigte, dass er nicht so bald wieder aufstehen würde.

Der andere Wärter war sofort von seinem Stuhl hochgefahren. Er kam auf Lochte zu, er näherte sich vom Fußende der Trage. Lochte hielt sich mit beiden Händen am Rahmen fest und rammte ihm beide Füße in den Magen. Der Wachtmeister stürzte rückwärts über den Stuhl. Lochte sprang von der Trage herunter und rannte in Richtung Tür. Aber der Mann kam sofort wieder hoch. Im Aufstehen zog er seine Waffe aus dem Holster.

»Halt!«, brüllte er Lochte hinterher.

Lochte warf einen Blick über die Schulter und sah den Mann seine Waffe durchladen. Neben der Tür hing ein ziemlich großer Feuerlöscher. Ohne zu zögern, riss er ihn aus seiner Halterung. Er packte ihn mit beiden Händen und drehte sich um. Der Polizist kam mit gehobener Waffe auf ihn zu, und Lochte rammte ihm den Feuerlöscher ins Gesicht.

Der Mann schrie auf, taumelte einige Schritte nach hinten und ging dann zu Boden. Ein breiter Strom Blut quoll aus seiner Nase. Er rührte sich nicht mehr.

Zwei, drei Atemzüge lang starrte Lochte ihn an. Dann drehte er sich um und rannte hinaus.

Hinter ihm schloss sich geräuschlos die schwere Schiebetür des Untersuchungsraumes.

***

Der Schließer öffnete die Gittertür zu Block 10, in dem Lochtes Zelle lag. Freddy zog den Kopf zwischen die Schultern und steckte die Hände in die Manteltasche. Für seinen Geschmack hielt er sich in den letzten Tagen zu viel im Knast auf.

»Sagen Sie, hat Lochte eigentlich viel Ärger gemacht, als er hier drin war?«, fragte er den Wachmann.

Der runzelte nachdenklich die Stirn und schüttelte den Kopf. »Eigentlich nicht«, sagte er.

Am gegenüberliegenden Ende des Ganges wurde ebenfalls eine Gittertür geöffnet, und ein hochgewachsener, schlanker Mann von Mitte vierzig kam ihnen entgegen.

»Da ist er«, sagte der Schließer.

»Danke«, antwortete Freddy, und der Mann verschloss die Tür hinter ihnen wieder.

Der Mann trat auf ihn zu.

»Dr. Mangold?«, fragte Freddy.

Der Mann nickte und reichte ihm die Hand.

»Hauptkommissar Schenk«, stellte Freddy sich vor.

»Guten Tag.«

»Wenn Sie mir bitte folgen wollen«, sagte der Schließer und wies den Gang hinunter. Er klang wie ein Fremdenführer.

Sie gingen hinter dem Beamten her, durch etliche weitere Gittertüren. Freddy musterte Dr. Mangold unauffällig von der Seite. Der Psychologe war dunkel gekleidet und trug eine Schreibunterlage in der Hand. Obwohl er keinen Schlips trug, wirkte er keineswegs locker. Das schwarze, volle Haar hatte er streng nach hinten gegelt.

»Wie gut kannten Sie Ronald Lochte?«, fragte Freddy.

Dr. Mangold machte eine lässige Handbewegung.

»Ich habe eine halbe Stunde mit ihm gesprochen«, sagte er, und sein Ton ließ keinen Zweifel daran, dass er das für mehr als ausreichend hielt. »Die Sache war völlig klar: Der wollte einfach nur raus. Der hätte *alles* unterschrieben.«

Freddy verzog spöttisch den Mund und schüttelte in einer Mischung aus Unglauben und Resignation den Kopf. Bei einem wie diesem Mangold hatte Lochte natürlich keine Chance gehabt. Dafür war er einfach nicht clever genug.

»Sie haben also abgeraten, ihn in den offenen Vollzug zu nehmen?«, fragte er den Doktor.

Mangold zuckte nur beiläufig die Schultern. »Ich bin nur ein Gutachter. Ich entscheide so was nicht.«

Für Freddy klang es wie: »Wenn ich es nicht mache, macht es ein anderer.« Er sagte nichts.

Nachdem sie die Stahltreppe hinter sich gelassen hatten, erreichten sie Lochtes Zellentür.

»Halten Sie Lochte für gefährlich?«, fragte Freddy, während der Wachbeamte die Tür öffnete.

»Eigentlich nicht.« Dr. Mangold schüttelte gelangweilt den Kopf. »Aber mit Wut im Bauch – ist da nicht jeder gefährlich?«

Freddy betrat die Zelle und sah sich um. Nichts stand mehr an seinem Platz. Das karge Mobiliar war völlig zertrümmert. Die Poster an der Wand waren zerrissen. Auch eine große Kohlezeichnung, die aussah, als ob Lochte sie selbst gemalt hätte, hing nur noch in Fetzen an den Klebestreifen.

Freddy fiel ein, was Ballauf eben gesagt hatte: Verena Radek war Kunstlehrerin. Wahrscheinlich hatte sie Lochte dazu gebracht, seine Wut kreativ zu kanalisieren. Aber jetzt war der Kanal zu eng geworden. Viel zu eng. Er war übergelaufen.

»Man hat ihm zuerst Hoffnung gemacht, offener Vollzug, vorzeitige Entlassung ...«, Freddy drehte sich zu Mangold um, der vor der Zellentür stehen geblieben war, »... und dann doch alles abgelehnt. Da wär ich aber auch sauer.«

Dr. Mangolds Miene blieb desinteressiert.

»Lochte wollte frei sein«, sagte er, »und der Beamte, der ihn begleitet hat, wollte ihn dran hindern. Ich kann das schon verstehen. Allerdings, so wie Lochte zugeschlagen hat«, er hob skeptisch die Augenbrauen, »... da muss viel Wut im Spiel gewesen sein.«

Freddy drehte sich wieder um und tat, als sähe er sich noch einmal in der demolierten Zelle um. Tatsächlich hatte er nur keinen Nerv mehr, weiter in das blasierte Gesicht des Gutachters zu gucken. Die Tatsache, dass der Mann recht hatte, machte ihn keinen Deut sympathischer.

***

Die Backsteingotik der alten Gummifabrik verströmte immer noch die Atmosphäre harter, körperlicher Arbeit, aber hier wurden schon lange keine Lkw-Reifen oder Förderbänder mehr hergestellt. In die Fabrikationshallen waren mittlerweile Maler, Bildhauer und alle möglichen Arten von Künstlern mit ihren Ateliers gezogen, das Bürogebäude beherbergte eine Kunstschule.

Ballauf stellte den Mondeo auf dem Fabrikhof ab und betrat das Gebäude. Einen Pförtner gab es nicht, aber er entdeckte einen Mann in einem blauen Kittel, der gerade an einer Deckenlampe eine Neonröhre austauschte. Der Hausmeister wies ihm den Weg in den zweiten Stock, wo Verena Radeks Unterrichtsraum lag.

Der Raum hatte zum Gang hin eine dieser altmodischen Fensterfronten, wie sie früher in großen Büros üblich waren. Ballauf ging langsam daran vorbei. Drinnen saß ein nackter junger Mann Modell für etwa zehn Schüler, die alle konzentriert arbeiteten. Ihre Lehrerin ging im Raum auf und ab. Sie wanderte von Schüler zu Schüler und schaute prüfend auf die Malblöcke.

Ballauf beobachtete sie eine Weile, bevor er an die Scheibe neben der Tür klopfte.

»Ja«, antwortete Verena Radek, ohne sich zu ihm umzudrehen, also öffnete er die Tür.

»Tag«, sagte er nur.

»Nanu?«

Sie sah ihn überrascht an.

»Erstaunt über meinen Besuch?«, fragte Ballauf.

Ein paar der Schüler wandten ihm mäßig interessiert kurz den Kopf zu und zeichneten dann weiter.

Mit einer Geste bat er Verena Radek auf den Gang hinaus. Sie folgte ihm rasch und schloss die Tür des Lehrraumes hinter sich.

»Ich weiß, dass er draußen ist«, sagte sie, ohne ihn anzusehen.

»Von wem?«

Mit verschränkten Armen ging sie langsam den Flur entlang. Ballauf folgte ihr.

»Es kam ein Anruf«, sagte sie.

»Von ihm selbst?«

Sie nickte. Sie blieb stehen und lehnte sich an die Glaswand des Unterrichtsraumes.

»Manchmal frag ich mich ja, ob ihm nicht irgendjemand geholfen hat«, sagte Ballauf und blieb neben ihr stehen.

Sie sah ihn misstrauisch an. »Was sollte derjenige getan haben?«, fragte sie.

»Oder *die*jenige«, sagte Ballauf. Ihre Augen waren grün, wie ihm auffiel. »Also, wenn ich Lochte gewesen wär, ich hätt meiner Freundin gesagt: Stell da unten ein Auto hin mit frischen Klamotten, Geld und 'nem Handy.«

Sie verzog den Mund. »Hätte sich Ihre Freundin damit nicht strafbar gemacht?«, fragte sie spöttisch.

»Wär mir scheißegal. Hauptsache raus«, sagte Ballauf.

»Ach, kommen Sie.« Sie wandte sich ärgerlich ab und nahm ihre Wanderung den Gang hinunter wieder auf. »Es wär Ihnen doch nicht egal, ob Ihre Freundin wegen Ihnen Probleme kriegt. Außerdem haben Sie längst überprüft, ob ich 'nen Wagen gemietet hab, stimmt's?«, sagte sie über ihre Schulter hinweg.

Ballauf grinste böse. »Sie wissen ja richtig gut Bescheid. Wissen Sie auch, dass der Mann tot ist, der ihn bewacht hat?«

Sie erstarrte.

»Wer?«, fragte sie, ohne sich umzudrehen.

»Werner Hilt«, sagte Ballauf. »Das ist der Beamte, der ihn ins Krankenhaus begleitet hat. Er hat ihm den Schädel eingeschlagen. Mit einem Feuerlöscher.«

Ihre Hand suchte Halt an der gläsernen Wand. Sie schien zu zittern.

»Haben Sie ihm bei der Flucht geholfen?«, fragte Ballauf.

»Sie bluffen doch nicht?«, fragte sie mit schwacher Stimme.

»Sie haben meine Frage nicht beantwortet«, antwortete Ballauf.

Sie drehte sich langsam zu ihm um. Blankes Entsetzen stand in ihrem Blick.

»Ich war jahrelang in der JVA …«, ihre Stimme zitterte, »als Lehrerin. Ich kenn doch jeden von den Jungs, die da arbeiten …« Sie unterdrückte ein Schluchzen und senkte den Blick. Hilflos schüttelte sie den Kopf, aber Ballauf hatte nicht vor, sich von Sentimentalitäten leiten zu lassen.

»Meine Frage war: Haben Sie ihm bei der Flucht geholfen?«, insistierte er.

Sie sah ihm direkt in die Augen. »Nein!«, sagte sie entschieden.

***

Freddy hatte Glück und fand einen Parkplatz direkt gegenüber der Kneipe von Elke Meerbusch an der Kalker Hauptstraße. Er stieg aus und spurtete über die Fahrbahn, sobald sich eine Lücke im dichten Verkehr auftat. Als er sich zwischen den parkenden Wagen auf der anderen Seite hergezwängt hatte, wurde er auf dem Gehweg fast von einem Mountainbiker über den Haufen gefahren. Er fluchte hinter dem Kerl her, aber der zeigte ihm nur den Stinkefinger, ohne sich auch nur umzudrehen.

Er betrat die winzige Kölschkneipe, in der es schal nach Bier und kaltem Rauch roch. Der Tresen und die wenigen Tische und Stühle waren in ihren jungen Jahren wohl von einer gewissen Qualität gewesen – aber diese Jahre waren lange vorbei.

Heute wirkte alles hier nur ärmlich. Aus den Lautsprechern quäkte ein Hit aus den Siebzigern. Hinter der Theke stand eine nicht mehr ganz junge Frau. Sie trug die langen, strähnigen Haare zu einem unordentlichen Knoten zusammengesteckt, was ihre auffällig abstehenden Ohren zusätzlich betonte.

Gäste waren keine da. Nur ein kleines Mädchen von vielleicht zehn Jahren saß auf einem Hocker an der Theke und malte mit Buntstiften auf einem Zeichenblock.

»Mahlzeit«, sagte Freddy.

»Geht noch nix.« Die Frau spülte weiter Gläser und sah gar nicht auf. »Ist noch kein Druck auf'm Rohr. Bier dauert noch.«

»Frau Meerbusch?«, fragte Freddy.

Nun hob sie doch den Kopf und sah ihn an. Ihre Augen standen eng beieinander, und ihr Blick war misstrauisch. Sie wirkte nicht wie ein Mensch, der Wert auf Bekanntschaften legte.

Irgendwie unpassend für eine Wirtin, dachte Freddy.

»Schenk, Kripo Köln«, sagte er und hielt ihr freundlich den Dienstausweis hin. »Wir haben miteinander telefoniert.«

Das Mädchen sah ihn neugierig an. Elke Meerbusch zog die Kassenschublade auf und reichte der Kleinen eine Münze.

»Hier, Schatz, kannst 'n bisschen flippern«, sagte sie.

Das Kind nahm das Geld und kletterte von seinem Hocker, aber seinem Gesicht war zu entnehmen, dass es lieber zugehört hätte.

Freddy lächelte sie an, und sie lächelte scheu zurück. Dann trottete das Mädchen in den hinteren Bereich der Kneipe, wo neben der Tür zum Herrenklo ein nicht mehr ganz taufrischer Flipper stand. Freddy meinte sich zu erinnern, das Modell schon gespielt zu haben, als er noch Oberkommissar war.

»Ihre Tochter?«, fragte er.

Elke Meerbusch verzog leicht das Gesicht und nickte. »Seine auch, leider«, sagte sie dann, leise zwar, aber nicht leise genug, als dass das Mädchen es nicht hätte hören können.

Die Kleine flipperte zwar, aber sie drehte immer wieder den Kopf in ihre Richtung.

»Hatten Sie in den letzten Jahren Kontakt zu Lochte?«, fragte Freddy.

Frau Meerbusch verzog höhnisch den Mund. »Sie meinen, Päckchen schicken, Kuchen backen? Nee ...« Sie spülte weiter ihre Kölschgläser und schüttelte wie angewidert den Kopf.

Freddy sah zum Flipper, und das Mädchen drehte schnell den Kopf weg, als fühle es sich beim Lauschen ertappt.

»Und das Mädchen?«, fragte Freddy. »Hat sie ihren Vater mal besucht?«

»Im Gefängnis?« Frau Meerbusch sah ihn empört an. »Das wollt ich nicht. Annika hat lang genug gebraucht, bis sie drüber weg war ... Die Hänselcien in der Schule ...«, setzte sie hinzu, als sie Freddys fragenden Blick bemerkte. »Was glauben Sie, wie schlimm das war. Für mich war das auch nicht leicht.« Langsam redete sie sich in Rage, aber ihre Wut blieb kalt. Kalt und hasserfüllt. »Ja, denken Sie, der hätte gezahlt? Wie denn auch – im Knast. Das hätt er sich mal vorher überlegen sollen.«

Annika ließ die Kugel rausrollen und kam zur Theke.

»Krieg ich noch 'n Eis, Mama?«, fragte sie, und Freddy hatte den Eindruck, dass sie ganz genau wusste, dass ihre Mutter jetzt froh war, wenn sie sie irgendwie beschäftigen konnte.

»Ja«, antwortete Frau Meerbusch dann auch sofort. »Guck mal, was noch da ist.«

Die Kleine ging zur Küchentür. Freddy sah ihr mit einem kleinen Grinsen hinterher.

Cleveres Mädchen, dachte er.

Plötzlich drehte Annika sich um und sah ihm direkt in die Augen.

»Du auch?«, fragte sie ernst.

Freddy riss überrascht die Augen auf. »Öhm ... ja«, sagte er.

Die Kleine nickte und verschwand in der Küche.

Freddy sah ihr nach. Dann beugte er sich über die Theke zu Elke Meerbusch.

»Wir glauben, dass Lochte sich in der Gegend versteckt hält«, sagte er leise. »Haben Sie damals gemeinsame Plätze gehabt, die nur Sie beide kennen?«

Frau Meerbusch nahm ein großes Glas und zapfte mit nachdenklichem Gesicht Schaum aus der Bierleitung.

»Der alte Lastkahn in Sürth«, sagte sie. »Da sind wir immer so gerne hingefahren. Der war so romantisch. Da haben wir ...« Ihr Blick wurde melancholisch.

»Können Sie mir die genaue Adresse aufschreiben?«, fragte Freddy.

Sie nickte und stellte das Glas beiseite. »Ja, schreib ich Ihnen auf.« Sie griff nach einem Stift und nahm einen Bierdeckel von dem Stapel auf der verchromten Zapfanlage.

»Falls er wirklich da ist ...« Sie zögerte eine Sekunde und sah zur Küchentür. »Sie schießen dann aber nicht auf ihn?« Auf ihrer Stirn stand eine steile Falte.

Freddy machte eine beschwichtigende Geste. »Nein!«, sagte er betont. Auch er sah zur Küchentür, bevor er weitersprach. »Da ist noch was«, sagte er. »Solange Lochte draußen rumläuft, werfen wir 'n Auge auf Sie und das Kind.«

»Danke«, sagte Frau Meerbusch ernst und reichte ihm den Bierdeckel.

Freddy deutete mit dem Kopf auf die Küchentür, in der in diesem Moment die Kleine auftauchte, in jeder Hand ein rosafarbenes Eis am Stiel.

»Hier«, sagte sie.

»Danke«, sagte Freddy und erwiderte ihr Lächeln, in dem trotz seines Strahlens ein Funken Melancholie steckte, der gar nicht zu so einem kleinen Mädchen passen wollte.

»Tschüss«, sagte er. Zum Abschied winkte er leicht mit dem Eis und dem Bierdeckel und ging hinaus.

Elke Meerbusch legte ihren Arm um ihre Tochter. Die beiden sahen ihm nach, bis er aus der Tür war und noch ein bisschen länger.

***

Freddy schaltete Licht und Motor aus und ließ den Mustang die letzten Meter zum Uferweg hinunterrollen. Hier draußen gab es keine Straßenbeleuchtung. Am gegenüberliegenden Ufer glommen ein paar Lampen, aber ansonsten war es stockfinster. Umso deutlicher leuchtete das Licht hinter dem Bullauge am Bug des alten Frachtkahns, der hier vertäut lag.

Freddy stieg aus und schloss leise die Wagentür. Der Weg war menschenleer. Er horchte in die Finsternis, aber außer der glucksenden Strömung des Rheins war nur der schwere Diesel eines vorbeifahrenden Tankers zu hören, dessen Deckbeleuchtung die Szenerie wenigstens vorübergehend ein bisschen erhellte.

Freddy trat auf den Steg, der das Heck des Schiffes mit dem Land verband. Mit tastenden Schritten schlich er vorwärts, bemüht, möglichst jedes Geräusch zu vermeiden. Das Metall des Stegs quietschte unter seinem

Gewicht, leise nur, aber Freddy kam es in der Dunkelheit vor wie ein grelles Kreischen.

Er erreichte das Deck. Vorsichtig setzte er Fuß vor Fuß auf dem Stahlboden in Richtung Bug. Unter ihm drang Licht durch eine verglaste Luke. Er beugte sich hinunter und sah hinein. Die Luke führte in den Maschinenraum, zu erkennen war niemand. Leise tastete er sich an der Reling entlang weiter. Er lauschte. Der Wind wehte Musik zu ihm. Sie schien vom Bug zu kommen. Es war ein alter Beatles-Song. »Happiness Is A Warm Gun«. Freddy schlich weiter nach vorn und erreichte den Niedergang zu den Kabinen. Nun kam der Mond hinter einer Wolke zum Vorschein und erhellte das Deck.

Freddy bückte sich und fasste die schwere eiserne Abdeckung des Niedergangs. Er musste hoffen, dass ihre Scharniere in letzter Zeit mal geölt worden waren, und er hatte Glück, tatsächlich ließ sie sich fast geräuschlos anheben, und es gelang ihm auch, die Stange, die die Abdeckung abstützte, ohne großes Geklapper in die vorgesehene Halterung zu stecken.

Freddy zog seinen schweren Revolver aus dem Gürtelholster. Von unten sangen weiter die Beatles davon, dass Glückseligkeit eine warme Waffe sei, und seine Lippen formten ein lautloses »Scheiße«, als er an das Versprechen dachte, das er Frau Meerbusch eben noch so leichthändig gegeben hatte.

Aber wenn Lochte da unten war, war mit allem zu rechnen. Er hatte bereits einen Mann getötet auf seiner Flucht, und es gab keinen Grund, anzunehmen, dass er sich einfach so ergeben würde, nur weil Freddy ihn höflich darum bat. Vielleicht hatte er sich mittlerweile sogar eine Schusswaffe besorgt.

Freddy spannte den Hahn und kletterte mit gehobenem Revolver den Niedergang hinab. Außer dem Radio war kein Geräusch zu hören. Er lugte um in die Ecke in die Bugkabine. Das Licht brannte, der Kleiderschrank stand offen, auf dem Stuhl lag unordentlich ein blauer Anstaltsoverall. Lochte war tatsächlich hier. Er hatte sich zumindest mit neutraler Kleidung versorgt. Freddy drehte sich um. Von dem schmalen Gang gingen zwei weitere Türen ab. Er öffnete die erste. Die Kabine dahinter war dunkel. Vorsichtig tastete er nach dem Lichtschalter. Aber auch diese Kabine war leer. Die Staubschicht auf dem Tisch ließ darauf schließen, dass seit Monaten niemand hier gewesen war. Die nächste Tür führte in den Laderaum. Er stand voller Gerümpel. Er spähte hinter einen Stapel Bretter und ein Ölfass, aber auch hier war niemand.

Er ging zurück und kletterte den steilen Niedergang hoch. Er würde sich im Führerhaus am Heck umsehen müssen.

Plötzlich hörte er draußen einen Anlasser drehen und einen Motor anspringen. Es dauerte eine Sekunde, bis ihm klar wurde, dass es der Motor seines Mustangs war. Er beeilte sich die Treppe hoch und sprang an Deck.

»Heeeh!«, schrie er hilflos, während sein Wagen an Land an ihm vorbeirollte. Im Licht des Mondes konnte er Lochte erkennen, der am Steuer saß und ihn höhnisch angrinste.

»Heeeh, anhalten!«, schrie er noch einmal, obwohl ihm klar war, dass das eine ziemlich alberne Aufforderung an einen flüchtigen Häftling war.

Wütend und heftig hieb er gegen die stählerne Wand des Decksaufbaus.

»Scheiße!«, brüllte er. »Scheiße, Scheiße, Scheiße!«,

während er zusah, wie der Wagen vom Leinpfad abbog und die Rücklichter zwischen den Bäumen verschwanden.

***

Ballauf drückte auf die Klingel. Lange passierte nichts, obwohl hinter dem Wellglas der Wohnungstür Licht brannte. Nach einer Weile tauchte die Silhouette von Verena Radek in der Diele auf, aber sie schien zu zögern, bevor sie die Tür endlich öffnete. Sie trug ein halb volles Rotweinglas in der Hand und sah ihn unverhohlen ablehnend an.

»'n Abend«, sagte Ballauf betont freundlich, aber er hatte nicht gerade durchschlagenden Erfolg damit. Mehr als ein stummes Nicken erhielt er nicht zum Empfang.

Er hob die Nase und schnüffelte. »Oh, Sie kochen?«, fragte er. »Riecht lecker.« Er drückte die Tür weiter auf, trat in die Diele und sah sich interessiert um. Verena Radek blieb neben der offenen Tür stehen und sah ihm mit ärgerlichem Ausdruck dabei zu.

»Kommt jemand?«, fragte Ballauf.

»Pizza – tiefgekühlt«, antwortete sie und ließ die Wohnungstür krachend zufallen. »Nein. Es kommt keiner.«

Ballauf verschränkte die Hände auf dem Rücken und schlenderte durch die geräumige Altbauwohnung. Er nickte anerkennend. »Nett haben Sie's hier«, sagte er und betrat das Wohnzimmer. »Richtig nett.«

»Wollen Sie nicht auch unterm Bett nachsehen?«, fragte Verena Radek und trank mit finsterer Miene ihr Weinglas leer.

Ballauf schüttelte beschwichtigend den Kopf. »Kann

mir nicht vorstellen, dass Lochte so leichtsinnig ist und hier bei Ihnen aufkreuzt.« Er lächelte sie freundlich an.

»Ach nee?«, antwortete sie gereizt.

»Nee«, bestätigte er.

Sie ging zum Fenster des Wohnzimmers und wies unwirsch mit dem Weinglas hinaus auf die abendliche Straße.

»Und was machen die dann vor meiner Tür?«, fragte sie.

Vor dem Haus parkte ein dunkelroter Passat. Im Licht der Straßenlaternen sah man zwei Männer darin sitzen.

»Vielleicht wollen *Sie* ja zu ihm«, antwortete Ballauf. »Ich denke, seine Flucht war spontan. Er ist jetzt auf fremde Hilfe angewiesen. Er braucht Geld, Infos, Kontakte ... Und außer Ihnen hat er niemanden.«

»Hören Sie.« Sie stellte das Weinglas ab und sah ihm direkt in die Augen. »Ronny hat eine Chance verdient. Ich werd Ihnen nicht helfen, ihn wieder einzusperren.«

Ballauf spitzte skeptisch die Lippen. »Was hat er, das ihn so anziehend macht für Sie?«, fragte er.

Sie sah nachdenklich zu Boden. »Man hat ihm unrecht getan«, sagte sie leise.

Ballauf knurrte unwillig. »Und dem, den er ermordet hat? Dem nicht?«

Sie lachte böse auf. »Ha! *Sie* teilen die Welt ein in Täter und Opfer. Das ist die Sicht eines Polizisten. Aber so einfach ist das nicht!«

Ballauf hob zu einer Erwiderung an, aber ein scharfer Brandgeruch drang in seine Nase und ließ ihn zur Küchentür sehen, aus der graue Rauchschwaden drangen. Auch Verena Radeks Kopf fuhr herum.

»Oh, meine Pizza!«, rief sie und eilte in die Küche.

Ballauf folgte ihr. An den Türrahmen gelehnt sah er zu, wie sie den Backofen aufmachte und das Blech mit der verkohlten Pizza herauszog.

»Ach Scheiße!«, fluchte sie und ließ das Blech scheppernd in die alte Keramikspüle fallen. Wütend riss sie das Küchenfenster auf und versuchte mit wenig Erfolg, den Qualm hinauszuwedeln.

Schließlich drehte sie sich zu ihm um. »Kann ich noch was für Sie tun?«, fragte sie spitz.

»Das tut mir leid«, sagte Ballauf mit ehrlichem Bedauern in der Stimme. »Kann ich das wiedergutmachen?«

Sie antwortete nicht.

»Ich kenn da einen guten Italiener. Dahin würd ich Sie gerne mal zum Essen einladen«, sagte er.

Ihr Blick wurde ungläubig. Stumm sah sie ihn an, als traue sie ihren Ohren nicht.

»Schade«, sagte Ballauf mit einem kleinen Achselzucken.

Er warf einen kurzen Blick über die Schulter, als hinter ihm in der Diele ein Telefon zu läuten begann.

Sie sah auch hin, blieb aber in der Küche stehen. Sie würde nicht abnehmen, solange Ballauf in der Wohnung war.

Er lächelte sie an. »Na, gehen Sie ruhig ran, ich finde allein raus«, sagte er und wandte sich zum Gehen. Sie folgte ihm in die Diele und griff nach dem Handy, das auf der Kommode vor sich hin dudelte, aber das Gespräch nahm sie nicht an.

»Ich soll rangehen, weil Sie hoffen, dass das Ronny ist«, sagte sie.

Ballauf, schon in der offenen Tür, drehte sich noch einmal zu ihr um.

»Sie überwachen mein Telefon«, fuhr sie fort, »und können feststellen, wo er gerade ist, richtig?«

Ballauf lächelte und klatschte ironisch Beifall.

»Bravo«, sagte er anerkennend, dann wandte er sich wieder der Tür zu.

»Herr Kommissar …«, hörte er sie hinter sich sagen, und er drehte sich erneut um.

»Morgen Abend?«, fragte sie, und nun war es Ballaufs Miene, die ungläubig wurde.

Aber er nickte.

»Morgen Abend«, sagte er und ging hinaus.

VIER

Lochte sah auf die Benzinuhr und fluchte leise. Weit würde er mit diesem albernen Schlitten nicht kommen. Der Achtzylinder dürfte sich locker um die zwanzig Liter reinziehen, und die Nadel stand kurz vor Reserve.

Er hielt auf dem leeren Parkplatz eines Bürohauses an und durchwühlte das Handschuhfach und die Mittelkonsole. Er fand einen Kamm, eine fast leere Tüte Pfefferminzdrops und eine Parkscheibe, aber außer einer Packung Papiertaschentücher nichts, was ihm irgendwie weitergeholfen hätte.

Er fluchte weiter vor sich hin. Der Mustang war auffällig wie ein bunter Hund, er brauchte Geld für Sprit, und er hatte Hunger. An Bord des Kahns hätte er sich wenigstens eine Konservendose warm machen können, aber selbst das hatte Schenk ihm vermasselt. Wahrscheinlich war der bei Elke gewesen, und die hatte natürlich nichts Eiligeres zu tun, als ihrem Ex die Bullen hinterherzuschicken. Wie hätte Schenk sonst auf den Kahn kommen sollen?

Zu allem Übel nagte das schlechte Gewissen an ihm wegen Wachtmeister Hilt, dem er den Feuerlöscher an den Kopf geschlagen hatte. Er hoffte inständig, dass er ihn nicht schwer verletzt hatte. Aber es war eine Menge Blut gewesen, das ihm aus der Nase gelaufen war.

Egal. Es half nichts, er musste sich was einfallen lassen. Er startete den Motor wieder, indem er die beiden blanken Drähte des Zündschlosses aneinanderhielt, die er herausgerissen hatte. Funken spritzten, und der Anlasser begann sich zu drehen.

Einen Vorteil hatten diese altmodischen Amischlitten wenigstens: So etwas wie eine Wegfahrsperre gab es nicht.

Er ließ den Wagen anrollen und fuhr in Richtung der Kölner Innenstadt, sorgfältig alle Tempobeschränkungen beachtend. Von der Rheinuferstraße bog er auf den Ubierring ab und fand kurz vor der Alteburger Straße sogar einen Parkplatz. Den Parkschein durfte er sich sparen, die Rechnung ginge an Freddy Schenk. Er ging die Alteburger hinunter in Richtung Annostraße.

Für Außengastronomie war es noch zu kalt, aber vor Opera und Chlodwig-Eck standen etliche Dutzend junge Leute herum. Daran hatte sich in den sechs Jahren also nichts geändert. Sie quatschten, rauchten und tranken Bier aus Flaschen. Er ging langsam an den Gruppen vorbei. Sein Herz klopfte im Hals, aber niemand beachtete ihn. Es dauerte nicht lange, bis er entdeckte, was er gesucht hatte. Eine blonde junge Frau hatte ihre Handtasche neben sich auf einem Stromverteilerkasten abgestellt. Sie und ihre Freunde waren ins Gespräch vertieft, und Lochte griff im Vorbeigehen nach der Tasche. Seine Hände zitterten, aber er zwang sich, weiterzugehen, ohne das Tempo zu erhöhen. Ein paar Meter weiter wechselte er die Straßenseite und ging zurück zum Wagen, ohne sich umzudrehen.

Die junge Frau tat ihm leid. Er selbst hasste wenig mehr, als bestohlen zu werden, aber im Moment hatte er keine Wahl. Not kennt kein Gebot, dachte er.

Im Wagen öffnete er hastig die Handtasche. Außer dem üblichen Kleinkram wie Zigaretten und Feuerzeug waren eine Brieftasche darin und ein Handy. Die Brieftasche enthielt dreißig Euro. Nicht wirklich viel, aber es half ihm erst mal über die Nacht.

Er fuhr zurück auf die Uferstraße. An der Tankstelle

dort kaufte er ein paar Sandwiches, eine Packung Kekse und eine Flasche billigen Korn. Für den Rest des Geldes tankte er. Dann fuhr er über die Brücke in Richtung Königsforst.

Er hoffte, dass es die Jagdhütte noch gab, an die er sich erinnerte. Es war die einzige Idee, die er hatte. Ein Ort, wo er ein Dach über dem Kopf hatte und einigermaßen sicher war.

Er fand den Waldweg, der von der Rösrather Straße abbog, im Dunkeln nicht auf Anhieb. Zweimal fuhr er daran vorbei, erst beim dritten Mal entdeckte er ihn und bog ab. Der Weg führte bergauf, geradewegs in den Wald hinein. Den nächsten Abzweig entdeckte er ohne Probleme, und ein paar Minuten später hielt er vor der kleinen Jagdhütte an. Er stieg aus. Über ihm dröhnte ein landendes Flugzeug in Richtung Flughafen, aber um ihn herum war die Stille und die Luft des Waldes. Er atmete tief ein. Seit sechs Jahren hatte er diesen Duft vermisst.

Im Licht der Scheinwerfer ging er zur Hütte. Ohne viel Federlesen zerschlug er eine der Fensterscheiben und stieg ein. Mit dem Feuerzeug leuchtete er in dem Raum herum und entdeckte bald eine Kerze auf dem Tisch.

Er zündete sie an und sah sich um. Die Hütte bestand nur aus einem Raum. An der Wand hingen ein paar Jagdtrophäen, ansonsten war die Einrichtung spartanisch. Ein Tisch, zwei Stühle, in der Ecke stand eine schmale Liege.

Er ließ sich darauf niedersinken. Die Matratze war dünn und hart, aber das war ihm völlig egal. Er hätte auch auf dem Boden geschlafen, so erschöpft, wie er war. Er riss die Kekspackung auf und begann, das trockene

Gebäck in sich hineinzustopfen. Er öffnete den Korn und spülte das Zeug damit hinunter. Er hatte seit sechs Jahren nichts getrunken und spürte sofort die Wirkung des Alkohols.

Er zog das Handy aus der Brusttasche und starrte es an. Zögernd drückte er ein paar Tasten, aber schnell unterbrach er die Verbindung wieder.

Er suchte nach Worten.

»Hallo«, sagte er in den leeren Raum hinein, »sind Sie die Frau von Werner Hilt?«

Er starrte weiter das Handy in seiner Hand an, als könne er dort finden, was er der Frau sagen könnte.

»Ich will Ihnen nur sagen, dass ... ich wollte Ihren Mann nicht verletzen.«

Es war die Wahrheit. Er hatte den Wärter nicht verletzen wollen. Gerade Hilt war immer korrekt zu ihm gewesen. Es gab andere, echte Sadisten teilweise, aber selbst die hätte er nicht so niedergeschlagen, wenn er eine Wahl gehabt hätte.

Aber was hätte er tun können, als Hilt mit der Pistole auf ihn zukam?

Er kannte die Antwort. Er hätte aufgeben müssen. Die Hände heben.

Aber er war so nah dran gewesen. Noch drei Jahre, das war einfach zu viel.

»Ich ... Bitte, bitte, glauben Sie mir das. Es tut mir so leid. Ich ... ich wollt, ich könnt es ...«

Ungeschehen machen, dachte er. Nichts kann man ungeschehen machen. Er setzte die Flasche an und trank in gierigen Schlucken. Dann sank er nach hinten auf die harte Matratze, und schon nach wenigen Sekunden umfing ihn ein tiefer, schwarzer, gnädiger Schlaf.

Das Erste, was er wieder wahrnahm, war der stechende Schmerz in seinem Kopf, aber geweckt hatte ihn etwas anderes. Zuerst wusste er nicht, was.

Er hielt die Augen geschlossen, bis er bemerkte, dass jemand im Raum war. Er hielt den Atem an und blinzelte durch die Augenlider.

Es war schon hell, Licht fiel durch die zerschlagene Fensterscheibe. An der Tür der Hütte stand ein Mann. Er trug einen Gamsbart am Hut und grün-braune Försterkleidung. Gerade war er dabei, eine Nummer in sein Handy einzutippen, und beachtete ihn deswegen nicht. Ernsthaft beunruhigend war allerdings der Revolver, den er in der Hand hielt.

Lochte blieb regungslos liegen, nur seine Augen bewegten sich auf der Suche nach einem Fluchtweg. Der Mann stand direkt vor der Tür, er würde nicht ohne Weiteres an ihm vorbeikommen. Wenn der Mann seine Waffe einsetzte, würde er es nicht mal von der Matratze hochschaffen. Und Lochte zweifelte nicht daran, dass der Mann schießen würde, wenn er zu fliehen versuchte.

Er schielte zum Fenster und entdeckte das Gewehr. Der Förster hatte seine Flinte an die Wand gelehnt, keinen Meter vom Kopfende der Liege entfernt. Wenn Lochte es schaffte, sie zu greifen, hätte er zumindest die Chance, den Mann zu entwaffnen. Lochte spannte die Muskeln an.

»Hallo?«, sagte der Mann in sein Handy, und Lochte schnellte nach vorn.

Er packte das Gewehr und versuchte, hinter dem Tisch in Deckung zu rollen, aber der Förster riss sofort seinen Revolver hoch und feuerte. In dem kleinen Raum war der Schuss ohrenbetäubend laut. Die Kugel pfiff an Lochtes Ohr vorbei und zerschlug zehn Zentimeter neben seinem Kopf die Reste der Fensterscheibe.

Wieder donnerte ein Schuss, und der Förster wurde nach hinten geschleudert. Er sah Lochte erstaunt an und sank dann langsam an der Wand hinunter, wobei er eine breite Blutspur auf dem Holz hinterließ.

Lochte sah ungläubig auf seine rechte Hand, deren Zeigefinger um den Abzug der Jagdflinte gekrümmt war. Ihm war nicht bewusst, geschossen zu haben. Es musste ein Reflex gewesen sein, eine instinktive Handlung, Notwehr. Vor der Tür hatte ein Hund angefangen, laut und aufgeregt zu bellen.

Er ließ das Gewehr fallen und kroch zu dem verletzten Mann hinüber.

Sein Hemd war in der Magengegend ein einziger riesiger Blutfleck. Er rührte sich nicht, aber er schien noch zu atmen. Lochte tastete nach seinem Herzschlag. Tatsächlich, der Mann lebte noch.

Er nahm ihm das Handy, das der Förster immer noch umklammert hielt, aus der Linken und wählte 112.

»Kommen Sie schnell«, sagte er, sobald sich jemand meldete. »Hier ist ein Schwerverletzter.«

Dann ließ er das Handy auf den Boden fallen. Er hoffte, sie würden es anpeilen können. Nach kurzem Zögern nahm er dem Förster den Revolver ab und lief hinaus.

Vor der Tür hatte der Förster seinen Münsteraner an einem Haken angeleint. Der Hund bellte hysterisch. Lochte musste sich an der Wand entlangdrücken, um außer Reichweite zu bleiben. Als er an ihm vorbei war, lief er eilig zum Wagen. Ohne sich noch einmal umzudrehen, sprang er in den Mustang, hielt die Drähte aneinander und fuhr mit durchdrehenden Reifen den Waldweg hinunter in Richtung Straße.

Er schluchzte. Ihm war kalt, er hatte Mühe, den Wagen auf dem Weg zu halten. Wenn der Förster starb, war er endgültig am Arsch. Niemals würden sie ihm Notwehr zugestehen.

Ein Jogger wich grade noch rechtzeitig ins Unterholz aus und schrie ihm wütend hinterher.

Mühsam riss er sich zusammen. Ein Unfall wäre jetzt eine zu alberne Pointe für sein Drama.

Er wusste nicht weiter. Er brauchte Hilfe.

***

Freddy sah Ballauf über die Schulter und lachte auf. Der Kollege saß vor seinem Monitor und studierte die Datei Verena Radek.

»Geburtsdatum 14.08.1966. Versichert bei der AOK Köln«, las Freddy. »Ist das überhaupt legal?«, fragte er. »Sie steht doch gar nicht unter Verdacht.«

»Sagt ja genau der Richtige«, brummte Ballauf, ohne sich umzudrehen. »Derjenige, der Lochte ein Fluchtfahrzeug besorgt hat.«

Freddy verzog ärgerlich das Gesicht. War ja klar, dass da drauf jetzt rumgehackt wurde. Er würde sich noch eine Menge blöder Sprüche anhören müssen zu dem Thema, bis er den Wagen wiederhatte.

Wahrscheinlich sogar noch länger.

Ballauf scrollte nach unten.

»Sag mal, wusstest du eigentlich, dass Lochte nicht der Einzige war, um den sie sich gekümmert hat? Die hatte vorher noch andere Schützlinge.«

Franziska war leise hereingekommen und stellte sich zu ihnen. Auch sie sah über Ballaufs Schulter auf den Monitor.

»Sagt wer?«, fragte Freddy.

»Die von der JVA.« Ballauf zuckte die Achseln.

»Und warum interessiert dich das?«, fragte Franziska.

»Sie ist genau sein Typ«, sagte Freddy. »Er steht auf sie.« Grinsend stemmte er die Fäuste in die Hüften.

Franziska lachte leise.

Ballauf schnaubte höhnisch. »Was verstehst denn *du* von Frauen?« Er drehte sich halb um. »Vor zwanzig Jahren hat er sein letztes Abenteuer gehabt«, sagte er zu Franziska. »Heute ist sie die Mutter seiner Kinder.« Mit einem bösen Lächeln hob er zwei Finger. »Sein letztes von zweien wohlgemerkt.«

Freddy sah genervt zur Decke. »Woher willst denn *du* das wissen?«, fragte er.

Ballauf sah an ihm vorbei zu Franziska. »Weißt du eigentlich, wie Alfred Schenk Vater geworden ist?«

Sie zuckte die Achseln. »Nein ...«

»Er auch nicht.«

Freddy machte nur eine wegwerfende Handbewegung.

»Ja«, fuhr Ballauf ungerührt fort. »Im Biounterricht hat er immer gefehlt und ... Hokuspokus ... waren die Töchter da.«

Nebenan begann ein Telefon zu läuten. Franziska sah zur Tür.

»Hör nicht auf ihn«, sagte Freddy. »Seit vier Jahren weint er nachts ins Kissen in seinem schäbigen Hotel.«

Ballauf grinste.

Franziska ging aus der Tür zum Telefon.

»Und jetzt ist er sauer, weil sie sich lieber mit 'nem Knacki einlässt als mit ihm«, schloss Freddy.

Aber Ballauf schüttelte den Kopf. »Nee«, sagte er. »Das *ist* es ja grade. Sie lässt sich *nicht* drauf ein.«

Er wies auf den Monitor.

»Wer's glaubt«, sagte Freddy abfällig.

Ballauf blieb unbeeindruckt.

»Sie kümmert sich um sie, bringt ihnen Geschenke, besucht sie«, sagte er. »Und kurz bevor sie entlassen werden … macht sie Schluss.«

Freddy sah Franziska hinterher. Als sie ans Telefon gegangen und außer Hörweite war, beugte er sich zu Ballauf hinunter.

»Sag mal, musst du hier so rumtratschen?«, zischte er halblaut.

»*Du* hast doch angefangen, rumzutratschen«, maulte Ballauf zurück, da kam Franziska auch schon wieder ins Büro.

»Eine Streife hat deinen Wagen gefunden«, sagte sie. »Unter der Hohenzollernbrücke, rechtsrheinisch, an der Messe. Die Spurensicherung ist schon da.«

Ballauf war von seinem Stuhl hoch, bevor sie zu Ende gesprochen hatte, und folgte Freddy, der bereits aus der Tür war.

***

Die Ampel vor ihm sprang auf Rot, und Lochte hielt an. Auf der Rechtsabbiegerspur neben ihm kam ein Passat zum Stehen. Der Fahrer musterte interessiert den Mustang und sagte etwas zu seinem Beifahrer.

Lochte biss sich auf die Lippen und sah starr geradeaus. Vielleicht redeten sie wirklich nur über das Auto, aber es konnte genauso gut eine Zivilstreife sein.

Die Rotphase war schier endlos. Lochte wandte kurz den Kopf. Der Fahrer des Passat sah ihn desinteressiert an, der Beifahrer telefonierte. Als die Ampel endlich grün wurde, bog der Passat ab und war weg.

Lochte atmete auf und fuhr weiter. Vielleicht war es keine gute Idee gewesen, wieder in die City zu fahren, aber auf dem Land wäre der Mustang wahrscheinlich sogar noch mehr aufgefallen. Und hier kannte er sich wenigstens aus. Wenn man von den Veränderungen absah, die eine Stadt in sechs Jahren so durchmachte.

Eine ganze Reihe neuer Bürohäuser entdeckte er rund um die Messe, dafür war das Barmer Viertel spurlos verschwunden. Eine öde freie Fläche war nun dort, wo früher seine Tante Ria gewohnt hatte. Er bog am Auenweg ab und fuhr an den Messehallen entlang zum Rhein. Dort parkte er den Wagen unter der Brücke und stieg aus. Ein paar Meter entfernt schob ein Mann von der Stadtreinigung mit einem Besen Müll und Kehricht zusammen. Er warf nur einen kurzen Blick auf Lochte. Aber das reichte, dass er sich umdrehte und eilig in die andere Richtung wegging. Seine Hände umklammerten das Handy in der einen und den Revolver des Försters in der anderen Jackentasche.

Er stolperte ziellos die Treppe zur Brücke hoch und stieß mit einem Mann zusammen, der sich höflich auf Französisch entschuldigte. Lochte murmelte irgendwas und ging weiter.

Oben angekommen lehnte er sich auf die grobe Steinmauer, die den Platz vor der Brücke zum Rhein hin abgrenzte, und starrte auf den Fluss.

Er zitterte. Vor Kälte und vor Nervosität. Er war allein. Es gab nur einen Menschen, den um Hilfe zu fragen er wagen konnte. Aber er fürchtete sich davor.

Verenas Telefonanschluss würde mit Sicherheit überwacht und abgehört werden. Wenn er sie anrief, konnte er das Handy danach nicht mehr benutzen. Sie würden es anpeilen. Aber das war nicht der Grund für seine Furcht.

Wenn er Verena anrief, musste er ihr sagen, was passiert war. Nicht nur, dass er Hilt niedergeschlagen hatte – das würde sie schon wissen, dafür hatten die Bullen mit Sicherheit gesorgt. Aber dass er auf den Förster geschossen hatte, das wusste noch niemand. Er hoffte inständig, dass der Mann überlebte, aber wenn er ehrlich zu sich war, hatte er nur wenig Hoffnung. Er hatte so furchtbar geblutet …

Er fürchtete sich vor der Beichte, weil er nicht wusste, wie sie reagieren würde. Würde sie ihm glauben, dass er es nicht mit Absicht getan hatte? Wenn Verena ihn fallen ließ, war alles zwecklos gewesen.

Auf dem Rhein zog ein großer Kohlefrachter vorbei, flussabwärts. Er sah einen Matrosen am Bug stehen, der einen Flaggenmast anstrich. In einer Mischung aus Traurigkeit und Neid sah er dem Schiff hinterher, wie es ruhig und unbeirrbar seine Bahn zog. Er wäre gern mitgefahren.

Mit einem ärgerlichen Kopfschütteln riss er sich zusammen. Träumen half ihm nicht weiter.

Ein junges Paar stellte sich neben ihn und sah wie er auf den Fluss hinunter. Sie flüsterte dem Mann etwas ins Ohr, und der lachte fröhlich auf.

Lochte musste sich zusammennehmen, um nicht zu den beiden hinzuschauen. Er drehte sich um, ging auf die Brücke und zog das Handy aus der Tasche.

***

Die Kollegin steuerte den Streifenwagen beeindruckend zügig in Richtung Messe. Schneller konnte man ohne Blaulicht nicht fahren. Ballauf versuchte, nicht nach vorn zu schauen. Er hasste es, auf der Rückbank zu sitzen, selbst wenn keine Frau am Steuer saß. Er war erleichtert, als sie knirschend auf dem Parkplatz neben dem Mustang anhielt, und sprang sofort aus dem Wagen.

Freddy sah ihm kopfschüttelnd nach und bedankte sich höflich bei den beiden Streifenbeamtinnen vorn, bevor er ausstieg.

Ein uniformierter Kollege wartete neben Freddys Wagen auf sie. »Morgen«, sagte er. »Die Spurensicherung ist schon wieder weg.«

»Haben die was Brauchbares gefunden?«, fragte Ballauf.

»Nur Lochtes und eure Fingerabdrücke. Sonst nix.«

Der Kollege nahm seine Uniformmütze ab und stieg zu den Kolleginnen in den Streifenwagen.

Als Freddy die Tür öffnen wollte, fiel sein Blick auf eine Parkknolle an der Frontscheibe. Ärgerlich zerrte er sie unter dem Scheibenwischer hervor.

»Soll *der* Scheiß denn?«, rief er in Richtung Streifenwagen, aber die Kollegin gab schon wieder Gas und fuhr davon.

Freddy steckte die Knolle unter den Scheibenwischer eines roten Volvos, der nebenan parkte, und stieg in den Mustang.

Lenkrad und Armaturenbrett waren total versaut von dem silbrigen Fingerabdruckpulver der Spurensicherung.

»Dass die hinterher nie sauber machen ...«, brummte er und wollte den Schlüssel ins Zündschloss stecken. »Oh ...«

Das Zündschloss war herausgerissen. Zwei blanke Drähte hingen aus der Lenksäule, ein blauer und ein gelber.

Freddy zuckte ergeben die Achseln und steckte seinen

Schlüsselbund wieder ein. Dann beugte er sich vor und hielt die Drähte aneinander. Der Motor sprang an.

Ballauf schüttelte den Kopf. »Ich glaub es nicht. Zwei Bullen in ‘nem kurzgeschlossenen Wagen …«

»Sieht doch keiner«, sagte Freddy und legte den Rückwärtsgang ein.

Ballaufs Handy läutete, und er meldete sich mit einem knappen »Ja?«, während Freddy den Wagen aus der Lücke rangierte.

»Lochte hat wieder jemanden getötet«, hörte er Franziska sagen.

Ballauf stöhnte auf.

Freddy stoppte den Wagen und sah ihn fragend an.

»Wer und wo?«, fragte Ballauf, und Freddy schüttelte resigniert den Kopf.

FÜNF

»Sag, dass das alles nicht wahr ist«, sagte Verena.

Lochte presste das Handy ans Ohr und hielt sich das andere zu, während hinter ihm ein Zug über die Hohenzollernbrücke dröhnte.

»Er hat zuerst geschossen«, sagte er verzweifelt. »Glaub mir, ich ... ich *wollte* dem nichts tun!«

»Ja, ich glaub dir, dass du nichts dafürkannst«, sagte sie. »Aber Hilt ...«

»Was ist mit ihm? Ist er schwer verletzt? Ich wollte ... er hat auf mich gezielt ... und da hab ich ...«

»Hilt ist tot«, sagte Verena beherrscht.

Ein schwarzer Abgrund tat sich auf vor Lochte. Er schloss die Augen, aus Angst, hineinzustürzen.

»Hältst du noch zu mir? Oder ... oder ... oder machst du jetzt Schluss?«, stammelte er.

»Nein, natürlich nicht«, hörte er sie sagen, und sein Herz wurde leichter. Fast hätte er lächeln mögen.

Verena stand zu ihm. Alles würde gut werden.

»Ronny, wir müssen überlegen«, sagte sie eindringlich.

»Ich will bei dir sein«, war alles, was er sagen konnte, obwohl er wusste, wie sinnlos dieser Wunsch war.

»Das geht nicht«, sagte sie prompt und entschieden. »Komm ja nicht in die Nähe. Hier ist überall Polizei. Die können Handys orten. Anrufe kurz und nur im Notfall, klar?«

Der kleine Moment der Leichtigkeit war bereits wieder vorbei. »Was ... was sollen wir machen?«, stieß er hervor. »Du musst mir helfen.«

Zwei asiatische Teenager blieben vor ihm stehen und lächelten ihn freundlich an. Sie hielten einen auseinandergefalteten Stadtplan in der Hand.

»Wart mal …«, sagte er und nahm das Handy vom Ohr.

»Station?«, fragte eine der beiden mit einem hilflosen Lächeln.

»Hä?«, entfuhr es ihm. Völlig verständnislos sah er die beiden Mädchen an.

»Station?«, fragte nun auch die andere.

Sein Gehirn rotierte. Er durfte nicht auffallen, aber seine überlasteten Nerven verweigerten ihm die Unterstützung. Der Bahnhof, er war hier irgendwo, aber er wusste nicht, was er antworten sollte.

»No, no, no«, stieß er hervor, und machte eine abwehrende Geste.

Das Lächeln der beiden wurde traurig, aber sie gingen davon.

»Die schauen mich alle so an. Alle wollen was von mir«, sagte er ins Handy.

»Bleib ruhig, Ronny«, antwortete sie. »Keiner kennt dich. Keine Angst.«

»Ich schaff das nicht! Hilf mir.« Mühsam unterdrückte er ein Schluchzen. Sein Blick streifte panisch umher, und plötzlich sah er zwei berittene Polizisten, die langsam über die Brücke auf ihn zukamen. Er musste weg.

»Hab Geduld. Ich lass mir was einfallen«, sagte Verena. »Okay? Ronny? … Ronny?«

Aber das hörte er bereits nicht mehr. Er hatte das Handy zugeklappt und hastete zurück in Richtung Messe. Seine Rechte umklammerte den Revolver. Er kam an einem Mülleimer vorbei und warf nach einem kurzen Zögern das Handy hinein.

Dann eilte er weiter. Er brauchte eine Idee. Als er die Treppe hinunterlief, sah er unten den blauen Mustang über den Parkplatz fahren.

Mit einem unterdrückten Fluch sah er dem Wagen nach. Er erkannte Hauptkommissar Schenk am Steuer.

Fast wäre er ihm geradewegs in die Arme gelaufen.

Er sah zur Brücke hoch. Die beiden berittenen Bullen waren nicht in Sicht, aber der Boden hier war ihm einfach zu heiß. Er überlegte kurz, dann lief er weiter am Ufer entlang in Richtung Süden.

Er brauchte eine Idee. Und er hatte eine. Alles, was er brauchte, war ein Telefonbuch.

***

Er fuhr mit der Linie 1 – schwarz, weil er keinen Cent mehr in der Tasche hatte, und es kam ihm vor, als ob jeder im Waggon ihm das anmerkte. Verkrampft unauffällig versuchte er, sein Gesicht zu verstecken und dabei gleichzeitig die Einsteigenden abzuchecken, ob sie wie Kontrolleure aussahen.

Aber für ihn sahen alle im Wagen wie Kontrolleure aus. Die Fahrt dauerte keine fünfzehn Minuten, doch sie kam ihm vor wie eine Ewigkeit. Als er endlich am Brücker Mauspfad aussteigen konnte, war sein Hemd schweißnass.

Das Haus lag am Ende einer Sackgasse, als letztes von sechs Einfamilienhäusern, direkt am Waldrand. Die Straße war still.

Er bog nicht in die Sackgasse ein, sondern ging weiter die Hauptverkehrsstraße entlang. Ein paar hundert Meter weiter zweigte ein Spazierweg in den Wald ab. Den ging er hinein. Andere Fußgänger waren nicht in Sicht, aber auf einem parallel laufenden Reitweg trabte ein Pferd. Die junge Reiterin beachtete ihn nicht. Er suchte einen Weg zurück zum Haus. Die letzten etwa hundert Meter musste er sich durch dichtes Unterholz schlagen.

Endlich erreichte er den Gartenzaun des Hauses. Hinter einem Busch ging er in Deckung und beobachtete das Haus. Durch das Küchenfenster sah er eine Frau werkeln. Er schätzte sie auf Mitte vierzig. Sie trug glattes blondes Haar, das ihr bis auf die Schulter fiel.

Er sah sich die Rückfront des Hauses genau an. Die Tür, die vom Garten in die Garage führte, sprang ihm am meisten ins Auge.

Er wartete. Es dauerte eine Weile, bis die Frau die Küche verließ, aber als sie endlich hinausging, tauchte sie gleich darauf im Wohnzimmer auf, dessen Fenster ebenfalls auf den Garten und den Wald hinausging.

Lochte versuchte, so ruhig wie möglich zu bleiben. Er hatte es nicht eilig. Er hatte den ganzen Tag Zeit. Er saß hier gut verborgen und sicher. Nur die Kälte und der feuchte Boden waren unangenehm. Aber das würde er ertragen.

Seine Geduld wurde belohnt. Die Frau verließ das Wohnzimmer und blieb außer Sicht. Nach ein paar Minuten öffnete sich eines der Klappfenster auf der Dachschräge. Von dort oben würde sie ihn kaum entdecken können. Lochte sprang auf. Mit ein paar schnellen Schritten war er bei dem Maschendrahtzaun, der den Garten gegen den Wald abgrenzte. Es kostete wenig Mühe, hinüberzuklettern. Er rannte über den Rasen zur Garagentür, und gegen alle Erwartung war sie tatsächlich unverschlossen. Er trat ein, schloss die Tür so leise wie möglich wieder. Dämmerlicht sickerte durch das kleine, vergitterte Fenster. Er sah sich um.

Neben der Tür zum Garten gab es eine weitere, die ins Haus führen musste. Die Garage war ziemlich groß. Es gab Platz für zwei Autos und noch mehr. Ein schwarzer Škoda-Kombi stand darin, der andere Platz war leer. An den Wänden standen Regale, und in einer Ecke waren vier Reifen aufeinandergestapelt. Eine gelbe Plastikplane war unordentlich darübergezogen, daneben stand ein blaues leeres Plastikfass, wie man es für Gartenabfälle benutzte.

Lochte rückte das Fass beiseite, kauerte sich auf den Boden und zog es wieder heran. Zusätzlich zog er die Plastikplane über seine angezogenen Beine. Hier hatte er eine reelle Chance, nicht entdeckt zu werden – solange niemand gezielt nach ihm suchte.

Er hatte keine Uhr und keine Ahnung, wie spät es war. Er schätzte, dass es etwa gegen Mittag war. Es würde ein langer Tag werden. Nach einer Weile döste er langsam ein.

Er schreckte hoch, als der elektrische Antrieb des Garagentores zu surren begann und das Tor sich öffnete. Hastig griff er nach dem Revolver und lugte an dem Fass vorbei.

Ein junges Mädchen, vielleicht dreizehn oder vierzehn, schob ihr Fahrrad herein. Sie trug einen Schulranzen, ihre dunklen Haare waren zu lustigen Zöpfen zusammengebunden. Nachlässig lehnte sie das Rad gegen die Wand, dann ging sie durch die Tür ins Haus. Das Garagentor fuhr wieder zu.

Lochte legte den Revolver neben sich auf den Boden. Er würde weiterwarten.

***

»Zwei Mann, mindestens«, sagte Freddy ins Handy.

»Tut mir leid«, antwortete Franziska. »Die Bereitschaft hat im Moment keinen über. Sobald sie welche frei haben, schicken sie jemanden.«

Freddy seufzte. »Na schön«, sagte er. »Dann fahr *ich* jetzt hin. Wir dürfen nicht riskieren, dass Lochte in der Kneipe seiner Ex auftaucht, und wir sind nicht in der Nähe.«

»Alles klar«, antwortete Franziska.

Freddy klappte das Handy zusammen und startete den Mustang. Mittlerweile hatte er schon eine gewisse Routine im Umgang mit den beiden blanken Drähten. Er brauchte kaum noch hinzuschauen. Morgen würde er es wahrscheinlich mit einer Hand hinkriegen. Oder reparieren lassen.

Vier Männer saßen an der Theke der Kneipe. Das waren sämtliche Gäste, die Tische waren unbesetzt. Nur Annika saß dort und malte mit Buntstiften auf ihrem Block. Trotzdem kam einem der kleine Raum schon gut gefüllt vor.

Elke Meerbusch nickte ihm zu, als er eintrat – nicht wirklich freundlich, aber irgendwie erleichtert, dass die Polizei da war. Freddy zog seinen Mantel aus und hängte ihn ordentlich auf den Garderobenhaken neben der Tür. Dann setzte er sich zu den Männern an die Theke.

»Bin noch im Dienst«, sagte er. »Sonst würd ich ein Kölsch nehmen. Krieg ich bei Ihnen auch einen Kaffee?«

»Ja«, sagte sie und verschwand in der Küche.

Freddy griff sich eine gelesene Zeitung, die jemand auf dem Tresen liegen gelassen hatte, und schlug sie auf.

Frau Meerbusch servierte den Kaffee. Sie machte nicht den Eindruck, als wolle sie sich unterhalten.

Freddy sah auf die Armbanduhr. »Gleich sechs«, sagte er. Mit dem Kinn wies er in Richtung des Fernsehers, der gegenüber der Theke auf einem Bord stand. »Können Sie mal das Dritte anschalten? Da kommt die Lokalzeit.«

Frau Meerbusch nickte und suchte nach der Fernbedienung.

Annika kam von ihrem Tisch her und kletterte auf den Barhocker neben ihm.

»Kommt da was über Papa?«, fragte sie.

Ihre Mutter sagte nichts. Sie schaltete nur den Fernseher an.

»Kann schon sein«, antwortete Freddy an ihrer Stelle. Er faltete die Zeitung halbwegs ordentlich wieder zusammen und drehte sich um, als er aus dem Fernseher die Titelmelodie der Lokalzeit Köln hörte.

***

Durch die Tür zum Haus hörte Lochte einen Fernseher laufen, einen Musiksender. Er schien sehr laut zu sein. Von draußen dagegen kamen wenig Geräusche. Verkehr gab es kaum. Zwei Autos hatte er gehört und einen Zweitakter, wahrscheinlich ein Motorroller. Das vage Licht, das das Fenster vom Garten her hereingelassen hatte, war einer fast völligen Finsternis gewichen.

Plötzlich schreckte er auf. Ein Wagen näherte sich, er meinte einen zweiten zu hören, da begann auch schon der Torantrieb zu surren. Eilig griff er nach dem Revolver. Er raffte sich auf, etwas mühsam, seine Beine waren steif vom langen Hocken auf dem Betonboden. So schnell wie möglich ging hinter dem Škoda in Deckung. Als das Tor oben war, kam ein Passat hereingefahren. Draußen vor der Einfahrt hatte ein anderer Wagen gehalten, er konnte den Typ nicht erkennen, aber es war klar, dass die Männer darin Bullen waren.

Die Tür des Passats öffnete sich, und Dr. Mangold stieg aus. Er winkte den Männern im Auto draußen einen kurzen Gruß zu, dann fuhr das Tor wieder zu. Er nahm Mantel und Aktenkoffer vom Rücksitz, und als er aufsah, blickte er in die Mündung von Lochtes Revolver.

Mangold sah hilfesuchend zum Tor, aber es war schon zu weit heruntergefahren, als dass die Polizisten draußen noch etwas hätten bemerken können.

»Was wollen Sie, Lochte?«, fragte er, hörbar um einen kühlen Ton bemüht.

»Wer ist noch im Haus?«, fragte Lochte statt einer Antwort.

Mangold zögerte.

»Wer ist noch im Haus, hab ich gefragt!«, bellte Lochte.

»Meine Frau und meine Tochter«, antwortete Mangold endlich. »Bitte, Lochte, halten Sie meine Familie da raus.«

Lochte deutete auf die Tür zum Haus.

»Rein da«, blaffte er.

Mangold ging auf die Tür zu, aber Lochte hielt ihn noch mal an.

»Ihr Handy«, sagte er und hielt ihm auffordernd die Hand entgegen.

Mangold zog das Handy aus der Jacketttasche und reichte es ihm.

»Der PIN-Code?«

Mangold zögerte eine Sekunde, und Lochte näherte sich sofort drohend mit der Waffe seinem Gesicht.

»Ihr PIN-Code!«, wiederholte er wütend.

»Acht-drei-zwo-null«, sagte Mangold.

»Rein!«, kommandierte Lochte, und Mangold öffnete die Metalltür.

Lochte schob ihn vor sich her in die große Diele des Hauses und sah sich um. Das Haus war nicht neu, aber großzügig gebaut. Eine elegant geschwungene Treppe führte in den ersten Stock, auf einer der niedrigen Fensterbänke stand eine beeindruckende Stechpalme in einem großen Terrakottatopf.

Durch die offene Wohnzimmertür schallte der Gesang einer Boygroup, die Lochte auf dem Flachbildfernseher an der Wand tanzen sah, und aus der ebenfalls offenen Küche kam das Klackern eines Hackmessers.

Frau Mangold stand an der Arbeitsplatte und bearbeitete ein Bündel Kräuter. Obwohl sie konzentriert arbeitete, musste sie aus den Augenwinkeln eine Bewegung in der Diele wahrgenommen haben, denn sie sah auf und fuhr mit einem spitzen Schreckensschrei zurück, als sie Lochte und den Revolver sah.

Mangold war mit zwei schnellen Schritten bei ihr und legte ihr beruhigend die Hände auf die Schultern.

»Keine Angst, Liebes, es passiert nichts«, sagte er.

Lochte winkte ungeduldig mit dem Revolverlauf in Richtung Wohnzimmer.

»Vorwärts!«, kommandierte er.

»Was soll das?« Frau Mangold sah ihn entgeistert an. »Was wollen Sie?«

Lochte stieß sie grob vor sich her zur Tür.

»Rein da!«

Der Fernseher war brüllend laut gestellt. Immer noch tanzte die Boygroup. Der Sessel davor zeigte ihnen nur seine Rückenlehne.

»Jessy«, sagte Mangold, aber das zeitigte keine Reaktion.

»Jessy!«, rief er noch einmal.

Der Sessel schwang herum. Das Mädchen darin sah sie beleidigt an. Ihre Zöpfe mochten lustig sein, ihr Gesichtsausdruck war es nicht. Offenbar befand das Mädchen sich im schwersten Pubertätszickenstadium. Lochte und seine Waffe schienen sie eher zu nerven als zu ängstigen.

»Mach den Kasten aus«, sagte ihr Vater.

»Lass ihn an!«, schrie Lochte. Mit gehobener Waffe ging er auf Jessy zu und riss ihr die Fernbedienung aus den Händen. Dann zerrte er sie aus dem Sessel hoch und schubste sie auf ihre Eltern zu.

»Setzt euch!«, kommandierte er und wies auf den Esstisch neben dem großen Kachelofen. Er nahm die Fernbedienung, schaltete auf das Dritte und stellte den Ton ab.

Jessy und ihre Mutter setzten sich gehorsam. Dr. Mangold blieb zunächst stehen, bis Lochte ihm mit einer heftigen Geste mit dem Revolver bedeutete, es ihnen gefälligst gleichzutun.

»Keine Angst«, sagte Lochte an Jessy gewandt. »Euch passiert nichts. Ich hab nur ein paar Fragen an deinen Papa. Und dann bin ich wieder weg.«

Mangold sah ihn unverwandt, fast trotzig an.

»Ich kann durchaus verstehen, dass Sie böse sind, Lochte«, sagte er. Es klang ziemlich herablassend für jemanden, der mit einer Schusswaffe bedroht wurde.

»Nicht mal 'ne halbe Stunde haben Sie gebraucht, und Ihnen war schon alles klar«, höhnte Lochte.

»Ich kannte die Berichte Ihres Therapeuten und der Anstaltsleitung«, antwortete Mangold kühl.

»Ja«, sagte Lochte. Er näherte sich und die Waffe Mangolds Gesicht. »Und die belegten genau das Gegenteil von Ihren Berichten. Die wollten mich früher rauslassen!«

Mangolds Fassade begann, leicht zu bröckeln. »Mein Gutachten war nicht so negativ«, sagte er.

Lochte sah ihn ungläubig an. »Sie lügen«, sagte er kopfschüttelnd. »Fast sechs Jahre ... Ohne Schuld. Und Ihnen war bereits nach dreißig Minuten klar, was ich für ein *gefährlicher* Mensch bin. Einen, den man nicht frei rumlaufen lassen darf!«

Mangold sah ihn provozierend an. »Wie kommen Sie denn darauf?«, fragte er und drehte sich zu seiner Tochter. »Jessy, hol mein Notebook«, sagte er entschieden.

Das Mädchen erhob sich und ging zur Tür. Lochte sah ihr irritiert hinterher.

»Sie irren sich«, sagte Mangold. »Ich habe nicht geschrieben, dass man Sie nicht rauslassen darf oder dass Sie gefährlich sind.«

Lochte lief hinter Jessy her. Bevor sie die Tür erreichte, hielt er sie an der Schulter fest. Misstrauisch sah er zwischen ihr und ihrem Vater hin und her. Schließlich hielt er ihr demonstrativ den Revolver vors Gesicht und schob sie dann weiter zur Tür.

»Und komm gleich wieder, Jessy«, rief er ihr hinterher.

Sein Blick fiel auf den Fernseher. Die Aktuelle Stunde hatte begonnen, und an der Wand hinter der Sprecherin war sein Konterfei zu sehen. Er nahm die Fernbedienung und schaltete den Ton ein.

»... Ronald Lochte«, hörte er die Sprecherin sagen. »Die Polizei hat heute einen Mann tot in einem Jagdhaus aufgefunden ...«

Für einen Moment schloss er die Augen.

Tot.

Der Förster war tot.

Eine eiskalte Lähmung packte ihn. Er öffnete die Augen wieder und starrte den Bildschirm an. Die Forsthütte war zu sehen, umgeben von Flatterbändern, Polizeiautos und uniformierten Polizisten. Ein Mann in einem weißen Plastikoverall trug die Flinte zu einem VW-Transporter.

»Wenige Minuten vorher war bei den örtlichen Behörden ein Notruf eingegangen, in dem eine männliche Stimme einen Schwerverletzten meldete. Doch die Rettungskräfte kamen zu spät. Nach Polizeiangaben gibt es eindeutige Hinweise, dass Ronald Lochte an der Tat beteiligt ist. Höchstwahrscheinlich ist Lochte mittlerweile im Besitz einer Schusswaffe …«

Er hob die Fernbedienung und schaltete ab.

»Letzte Woche war ich noch ein armes Schwein, das einfach 'ne Menge Pech hatte«, sagte er leise. »Und heute bin ich ein zweifacher Mörder.«

***

»Höchstwahrscheinlich ist Lochte mittlerweile im Besitz einer Schusswaffe und wird skrupellos von ihr Gebrauch machen, sobald er sich bedroht fühlt.«

Freddy runzelte die Stirn. Er hatte Lochte nicht für skrupellos gehalten, aber zwei Tote in zwei Tagen sprachen eine andere, deutliche Sprache.

»Was heißt skrupellos?«, fragte Annika.

»Wenn andere Leute einen 'n Scheiß interessieren, Annika.« Er wandte sich wieder seinem Kaffee und dem Fernseher den Rücken zu.

Auch Annika drehte sich zur Theke. Ihre Mutter trug zwei Handvoll leerer Gläser heran und begann, sie im Becken zu spülen.

»War Papa auch schon gefährlich, als ihr zusammen wart?«, fragte Annika.

Frau Meerbusch schüttelte ärgerlich den Kopf. Sie griff mit ihrer nassen Hand die Fernbedienung von der Theke.

»Jetzt mal Schluss mit Glotze«, sagte sie scharf und schaltete den Fernseher aus. »Was redst 'n da für Sachen?«

Die Kleine sah sie hilflos an, und sie wechselte in einen etwas versöhnlicheren Ton. »Geh mal in die Küche, da gibt's was zu essen«, sagte sie.

Annika kletterte gehorsam von ihrem Hocker, aber ihre Miene zeigte, dass sie nicht gern gehorchte. Sie wusste, dass ihre Mutter sie eigentlich nur loswerden wollte.

Freddy hatte sich wieder die Zeitung genommen und überflog die Rückseite.

»Und?«, fragte er beiläufig. »*War* Papa gefährlich?«

Frau Meerbusch antwortete mit einem beleidigten Zischen. Annika stand an der Küchentür und sah sie über die Schulter an.

Freddy wartete, bis sie in der Küche verschwunden war, bevor er fortfuhr.

»Wie war denn die Zeit mit ihm?«, fragte er.

Auch Frau Meerbusch sah zur Küchentür, bevor sie antwortete. »Ach, Ronny war ... er war eigentlich kein übler Kerl.« Die wütenden Bewegungen, mit denen sie die Gläser spülte, wurden langsamer. »Er war einfach so ... *extrem.*«

»Extrem worin?« Freddy legte die Zeitung auf den Tresen und strich sie glatt.

»Na ja ... in allem.« Sie trocknete sich die Hände ab und begann, Kölsch in die gespülten Gläser zu zapfen.

»Entweder unsterblich verliebt oder total stinkig.« Sie verzog das Gesicht. »Und eifersüchtig … eifersüchtig war er wie ‘n Spanier.«

Freddy sah sie schweigend an, Elke Meerbusch wandte den Blick ab.

»Am Anfang war das ja ganz romantisch«, murmelte sie und stellte die gefüllten Gläser auf ein Tablett. »Er wollte mir unbedingt helfen mit meinen Schulden, und …« Sie ließ die Schultern sinken und sah Freddy entschuldigend an. »Ich konnt ja nicht ahnen, dass er krumme Dinger dreht deswegen«, setzte sie hinzu.

»Ach so«, sagte Freddy und nickte verstehend. »Wollen Sie damit sagen, dass Lochte damals mit dem Gesetz in Konflikt geraten ist, weil er *Ihre* Schulden bezahlen wollte?«

Sie zuckte die Achseln. »Hilfsbereit war er immer, der Ronny.«

Freddy nickte. Langsam verstand er, aus welcher Situation heraus Lochte in diese Katastrophe hineingerutscht war.

»Und das mit der Eifersucht?«, fragte Freddy. Er nippte an seinem Kaffee und sah sie dabei forschend an. »War das grundlos?«

Wie hilfesuchend sah sie sich um. Die Frage war ihr sichtlich unangenehm.

»Na ja, Sie wissen doch«, stammelte sie, »als Kellnerin muss man … freundlich sein zu den Gästen.«

Freddy grinste böse. »*Wie* freundlich?«, fragte er.

Er erhielt keine Antwort.

Die Eingangstür öffnete sich, und zwei Männer kamen herein. Es waren die Kollegen, die auf Elke Meerbusch aufpassen und Lochte stellen sollten, falls er bei ihr auftauchte.

»'n Abend, Freddy«, sagte der eine und setzte sich neben ihn an die Theke.

»Hallo«, antwortete er kurz angebunden und wandte sich wieder an Elke Meerbusch. »Also: Lochte war sauer, weil er wegen *Ihrer* Schulden in den Knast gegangen ist und *Sie* ihn dafür beschissen haben. Seh ich das richtig?«

Elke Meerbusch senkte den Blick. Ohne zu antworten, wischte sie mit einem Lappen auf der Theke herum.

Freddy stand auf. »Schönen Abend«, sagte er zu dem Kollegen und ging zur Tür. Als er seinen Mantel überstreifte, sah er Annika in der Küchentür stehen.

O Gott, dachte er. Wie lange steht sie schon da?

Auch Elke Meerbusch hatte sie entdeckt und sah sie an.

Für eine Sekunde hoffte Freddy, dass sie die letzten Sätze nicht gehört hatte, aber der Blick, mit dem das Kind seine Mutter anschaute, zeigte etwas anderes.

Das Mädchen hatte jedes Wort gehört. Annika senkte langsam den Blick, dann drehte sie sich um und ging wortlos zurück in die Küche.

***

Jessy kam wieder herein. Sie trug den Laptop ihres Vater unter dem Arm und knallte ihn auf den Esstisch.

»Heh«, sagte Lochte scharf. »Vorsichtig mit dem Ding. Setz dich.«

Das Mädchen ließ sich widerwillig und mit gleichbleibend beleidigtem Gesichtsausdruck auf einem der Stühle nieder.

Mangold griff nach dem Gerät.

»Nein, nein, nein«, sagte Lochte. »Sie können mir viel erzählen. Die Kleine liest vor.«

Mangold zuckte ergeben die Achseln. »Na schön«, sagte er. »Schalt ihn an, Jessy.«

Das Mädchen startete routiniert den Computer und öffnete die Datei, die ihr Vater ihr nannte.

»Gutachten Lochte, Ronald, Antrag auf offenen Vollzug«, las sie vor. Dann folgte ein endloser, mit medizinischen Fachbegriffen gespickter Sermon, in dem tatsächlich nicht davon die Rede war, dass Lochte besonders gefährlich wäre.

»Allerdings bestehen deutliche Zweifel an L.s vorgeblicher Reue und Tateinsicht. Zumal L. deutlich den Wunsch zum Ausdruck brachte, den als ungerecht empfundenen Freiheitsentzug möglichst bald zu beenden«, endete Jessy.

Lochte starrte auf den Bildschirm und nickte verstehend. »Nicht blöd«, murmelte er. »Stimmt, was da steht.«

***

Oberkommissar Krämers gähnte ausgiebig und drehte die Lehne des Fahrersitzes weiter nach hinten. Wöllner neben ihm blätterte in seiner Illustrierten.

»Willst du 'n Kaffee?«, fragte er.

Krämers schüttelte den Kopf. »Später vielleicht. Wird ja noch 'ne lange Nacht.«

Gelangweilt sah er zum Haus der Mangolds. Es lag friedlich da, hinter den zugezogenen Vorhängen leuchtete Licht.

Das Funkgerät krächzte. »Arnold 1712 für Arnold.«

Krämers griff nach dem Mikro und antwortete. »Arnold 1712 hört.«

»Wird die überwachte Person heute im Haus bleiben?«, fragte die Zentrale.

»Keine Ahnung. Warum?«

»Wenn euer Mann nicht mehr rausgeht, könntet ihr im Haus bleiben, damit euer Wagen frei wird. Wir benötigen einen zusätzlichen bei einer Fahndung.«

»Ich frag ihn mal und meld mich wieder. Arnold 1712 Ende.« Krämers hängte das Mikro in die Halterung und zog sein Handy.

»Ich hab nicht so richtig Lust, den Abend mit diesem arroganten Sack zu verbringen«, murmelte Wöllner und blätterte weiter in der Zeitschrift.

»Bequemer als im Auto ist es auf jeden Fall«, sagte Krämers und wählte Mangolds Nummer. »Mir schläft hier schon nach einer Stunde der Arsch ein …«

***

Mangold zeigte auf den Revolver. »Könnten Sie das Ding da jetzt vielleicht wegstecken?«

Lochte blickte zweifelnd auf die Waffe in seiner Hand und ließ die Schultern sinken.

Was gab es hier noch zu tun für ihn? Heute Mittag war es ihm wie eine logische Idee erschienen, Mangold zu zwingen, das Gutachten zu revidieren. Aber was sollte das nun nützen?

Nichts, gar nichts würde ihm das helfen. Jetzt sowieso nicht mehr, nachdem er zwei Menschen auf dem Gewissen hatte.

Er wusste nicht weiter. Das Einzige, was er wusste, war, dass er nie wieder in den Knast gehen würde, koste es, was es wolle.. Er ließ die Waffe sinken, doch in dieser Sekunde begann das Telefon auf der Fensterbank zu läuten.

Er fuhr herum und starrte es an. Es war ein neumodisches, drahtloses Gerät, das hartnäckig ein elektronisches Dudeln ausstieß.

»Wer ist das?«, fragte er.

Die drei sahen sich an und zuckten die Schultern.

»Keine Ahnung«, sagte Frau Mangold.

Lochte sah unsicher zum unbeirrt läutenden Telefon. Es war ihm zu riskant, einen der Mangolds drangehen zu lassen. Aber wenn sich niemand meldete, konnte das auch ein Problem werden.

»Und jetzt?«, fragte Jessy plötzlich und sah ihn frech an. »Hauen Sie jetzt endlich ab?«

Lochte sah sie entgeistert an. »Was?«, stieß er ungläubig hervor.

»Jessy!«, zischte ihr Vater erschrocken. Er hob die Hände zu einer beschwichtigenden Geste, aber damit beeindruckte er seine Tochter wenig. Sie gab die Zicke, wie man es von Mädchen ihres Alters erwarten durfte.

»Was macht ihr euch denn in die Hose vor dem Typ?«, fragte sie ätzend und stand von ihrem Stuhl auf.

»Hinsetzen!«, schrie Lochte. Er packte sie von hinten an den Schultern und drückte sie zurück auf den Sitz.

Auch Mangold hatte sich erhoben. »Lochte …«, sagte er flehend, aber Lochte richtete den Revolverlauf auf seinen Kopf.

»Du auch!«, bellte er. Das ununterbrochene Läuten des Telefons zerrte an seinen angespannten Nerven.

Mangold hob die Hände und ließ sich wieder auf den Stuhl sinken.

***

Das Freizeichen tutete unablässig. Krämers sah irritiert zum Haus.

»Du, da meldet sich keiner«, sagte er zu seinem Kollegen.

Wöllner blickte von seiner Illustrierten auf. Mit gerunzelter Stirn sah er ebenfalls zu den beleuchteten Fenstern.

»Lass uns mal gucken gehen«, sagte er und öffnete die Tür.

***

Mangold hielt die Hände oben, aber seine Tochter hatte tatsächlich nicht vor, sich von Lochte oder seiner Waffe weiterhin beeindrucken zu lassen.

»Der Wichser soll sich endlich verpissen«, keifte sie und knallte wütend den Laptopdeckel zu. »Mich nervt das hier!«

»Jessy, hör jetzt auf!«, schrie ihre Mutter sie an, aber Jessy stand einfach auf und ging zur Tür.

»Du setzt dich sofort wieder hin!«, kommandierte ihr Vater. Sie stürmte einfach weiter in die Diele, als hätte niemand etwas gesagt.

»Stehen geblieben!«, schrie Lochte. Er rannte hinter ihr her. Zwei Meter vor der Haustür erreichte er Jessy und schlang von hinten einen Arm um sie. Sie zerrte wild an seiner Hand und versuchte sich zu befreien.

»Lass mich los!«, kreischte sie.

Lochte rang mit ihr, doch plötzlich sah er hinter dem Glas der Eingangstür einen Mann stehen. Es musste einer von Mangolds Bewachern sein. Lochte hob den Revolver und zielte auf ihn, den linken Arm immer noch um das Mädchen geschlungen.

Urplötzlich durchfuhr ihn ein scharfer Schmerz. Jessy hatte ihre Zähne in seine Hand geschlagen. Er schrie auf und ließ sie los. Sofort rannte sie um Hilfe schreiend auf die Tür zu.

Am Fenster neben der Tür tauchte der zweite Polizist auf. Er hatte eine Pistole in der Hand.

Bevor Jessy den Männern die Tür öffnen konnte, drehte Lochte sich um und rannte zurück ins Wohnzimmer zur Verandatür.

»Stehen bleiben, Polizei!«, schrie es hinter ihm, aber er riss die Tür auf und stürmte in den Garten hinaus. Er hatte noch nicht den halben Weg zum Zaun geschafft, als am Haus plötzlich die Gartenbeleuchtung angeschaltet wurde. Die Scheinwerfer tauchten den Garten in gleißendes Licht.

»Bleib stehen!«, brüllte eine Stimme vom Haus her. Lochte hielt an und drehte sich um. Geblendet kniff er die Augen zusammen. Er sah nichts als weißes Licht. Er hob die Hand, um seine Augen abzuschirmen, aber es war die Hand, die den Revolver hielt. Sekundenbruchteile später durchfuhr ihn ein stechender Schmerz. Erst dann hörte er den Schuss, der ihn am linken Arm getroffen hatte. Eine zweite Kugel pfiff an seinem Ohr vorbei.

Sie werden dich töten, dachte er.

Einen anderen Gedanken hatte er nicht, als er die Hand mit dem Revolver ausstreckte und blindlings in die gleißende Helligkeit feuerte.

Ein Schrei ertönte.

Ohne zu zögern, drehte Lochte sich um und rannte panisch durch die Büsche zum Zaun, sprang hinüber und verschwand in der rettenden Dunkelheit im Wald.

SECHS

Ballauf sah hinaus auf den abendlich dunklen Fluss und versuchte, nicht an die Rechnung zu denken, die auf ihn zukommen würde.

Er hatte sich jedenfalls nicht lumpen lassen bei der Auswahl des Restaurants. Rheinblick und Stoffservietten waren das Mindeste, was er bieten musste, und auch bei der Weinauswahl hatte er sich untersagt, auf den Preis zu achten.

Die Gnocchi in Trüffelöl und die Saltimbocca waren tatsächlich ganz vorzüglich gewesen, und Verena schien ihr Lachscarpaccio ebenfalls gemundet zu haben.

Verena nannte er sie nur in Gedanken. Offiziell siezten sie sich nach wie vor.

Sie studierte die Nachspeisenkarte, die der Kellner ihr gereicht hatte.

»Panna cotta mit Früchten«, sagte sie mit einem Lächeln zum Kellner und sah Ballauf dann auffordernd an. »Wirklich nichts?«, fragte sie.

Ballauf winkte ab. »Nee, danke.«

Der Kellner verschwand, und Verena griff nach ihrem Chiantiglas. Es war leer. Ballauf nahm die Flasche und schenkte ihr nach. Es war die erste, und sie war noch halb voll. Offenbar wollte sie genauso wenig die Kontrolle verlieren wie er.

Die Unterhaltung während des Essens war schwergängig gewesen. Ballauf hatte bei jedem Satz darauf geachtet, das Thema Lochte nicht zu streifen, und Verena hatte von sich aus gar nichts erzählt. Sie hatte keinen Zweifel daran gelassen, dass sie ihn in der Bringschuld sah, was die Konversation anging.

Aber nun, in dem Schweigen zwischen Hauptgang und Dessert, tauchte spöttisches Blitzen in ihren Augen auf. Sie hob ihr Glas und deutete ein Anstoßen an. Er erwiderte die Geste.

»Sagen Sie nichts«, sagte sie. »Ich kann Ihre Gedanken lesen.«

»Was denk ich denn?«, antwortete er und nippte an seinem Rotwein.

»Warum vergeudet diese Frau ihre besten Jahre mit einem Knacki, statt mit einem netten, anständigen Mann eine Familie zu gründen?«

Ballauf nickte. Das war tatsächlich sein Gedanke. Und den hatte er eigentlich ununterbrochen, seit er das erste Mal im Knast in Ossendorf mit ihr gesprochen hatte.

Eines war nun auf jeden Fall klar: Das Thema Lochte würde nicht mehr zu umgehen sein.

»Man nennt so was Helfersyndrom«, sagte er.

Bei dem Wort schloss sie genervt die Augen, aber er fuhr ungerührt fort.

»Die Besuchszimmer in den Knästen sind ja voll mit Frauen wie Ihnen. Sie bringen Status, Geschenke, Zigaretten … und 'ne bessere Sozialprognose.«

Sie starrte ihn an. »Und was ist so schlimm dran?«, fragte sie. »Ronny braucht mich!«

Ballauf nickte. Das war zweifelsohne richtig. Lochte brauchte sie. Mehr denn je.

»Sie haben mit Lochte abgemacht, dass Sie ihm nach seiner Flucht helfen«, sagte er. »Haben Sie mit ihm auch eine gemeinsame Zukunft geplant?«

Ihr Blick ging eisig an ihm vorbei. Sie schwieg.

Ballauf zuckte die Achseln. »Na, egal«, sagte er. »Dann kam der erste Mord, und jetzt ist alles anders. Lochte ist kein Justizopfer mehr, sondern ein Mörder, der von der Polizei gejagt wird.«

Sie schüttelte abwehrend den Kopf.

»Und jetzt ist er sogar ein zweifacher Mörder«, setzte er hinzu.

»Juristisch gesehen war es kein Mord, sondern Totschlag«, sagte sie in herablassendem Ton. »Und beim zweiten Mal Notwehr.«

»Vielleicht.« Ballauf verzog zweifelnd den Mund.

Für eine Weile sah sie nachdenklich auf ihre Hände, die sie vor sich auf dem Tisch gefaltet hatte. Auch Ballauf sah sie an. Ihm gefielen ihre schlanken Finger. Sehr sogar.

»Was würde er denn kriegen, wenn er sich stellt?«, fragte sie endlich.

Er dachte kurz nach. »Fünf bis zehn Jahre«, sagte er dann. »Kommt auf den Richter an.«

Sie kniff die Augen zusammen. »Und wenn ich ihn überrede?«

Ballauf sah sie überrascht an. Mit dem Angebot hatte er nicht gerechnet, und Verena Radek machte auch prompt einen Rückzieher.

»Nein, vergessen Sie's«, sagte sie eilig.

Ballauf lachte leise. »Was ist los?«, fragte er spöttisch. »Wird's Ihnen zu eng? Kriegen Sie Panik?«

»*Wie* bitte?« Sie sah ihn verständnislos an.

»Oh, ich glaub schon, dass Sie mich richtig verstehen.« Er beugte sich vor und sah ihr in die Augen. »Egal, was der Lochte Ihnen jemals bedeutet hat, Sie waren nie richtig mit ihm zusammen.«

Sie wandte den Blick ab und starrte beleidigt aus dem Fenster, aber Ballauf ließ sich nicht bremsen.

»Weil er im Knast gesessen hat«, fuhr er fort, »weil er

hinter Gittern war. Aber jetzt ist alles anders. Jetzt ist er draußen.«

Er machte eine kleine Pause, um ihr die Möglichkeit zu einem Einwand zu geben, aber sie nutzte sie nicht. Stumm sah sie auf den dunklen Rhein hinunter.

»Jetzt will er Ihre Nähe«, sagte Ballauf. »Er will mit Ihnen schlafen. Neben Ihnen aufwachen. Und das gefällt Ihnen nicht.«

Nun sah sie ihn doch an, und ihre Augen schleuderten Blitze. »Sie haben eine blühende Phantasie, Herr Ballauf«, zischte sie.

Ballauf grinste. »Tja, Strafgefangene sind bequem, solange sie im Knast sind. Aber wenn sie dann mal draußen sind, sind das ganz normale Männer. Und die haben was nachzuholen. Lochte auch. Der hat ja fünf Jahre lang keine Frau gehabt.«

Mit angewidertem Ausdruck warf sie ihre Serviette auf den Tisch. »Entschuldigen Sie mich bitte«, sagte sie und ging in Richtung Toiletten.

Ballauf sah ihr nach. Als Erfolg konnte er den Abend nicht wirklich verbuchen. Weder ermittlungstechnisch noch in anderer Beziehung.

Er bedauerte beides.

Aber Verena Radeks Analyse war nicht ganz falsch. Er versuchte, sich darüber klar zu werden, ob er wirklich von ihr angezogen wurde oder ob es sein Unwillen war, dass diese Frau sich lieber mit Knackis beschäftigte als mit Männern wie ihm. Nach einigem Nachdenken gestand er sich ein, dass beides mit einem Anteil von etwa fifty-fifty gleichberechtigt nebeneinanderstand.

Er sah in Richtung der Damentoilette. Langsam war der Zeitpunkt erreicht, an dem sie wieder auftauchen könnte. Vor dem Fenster, auf dem Rhein, zogen die Lichter eines Frachtschiffs vorbei. Wenn er über die Schulter sah, konnte er den dunkelroten Passat von Verenas Überwachern sehen, der auf dem Bürgersteig der Rheinuferstraße parkte. Die beiden Kollegen lehnten rauchend an der Motorhaube und sahen zu ihm herauf. Einer hob grüßend die Hand. Ballauf nickte ihm zu.

Wieder sah er zu der Glastür, hinter der die Toiletten lagen, und ein gewisser Verdacht beschlich ihn. Er stand auf und durchquerte das Restaurant in Richtung der Glastür. Im Gehen knöpfte er sich das Sakko zu. Vor der Damentoilette zögerte er kurz, dann klopfte er an die Tür.

»Frau Radek?«, rief er verhalten.

Er erhielt keine Antwort, aber die Tür öffnete sich, und zwei junge Frauen kamen heraus. Beide trugen ihre Handtäschchen in den Händen und musterten ihn in einer Mischung aus Misstrauen und Amüsement. Im Weggehen tuschelten sie miteinander und begannen dann zu giggeln. Ballauf wartete, bis sie weg waren, dann öffnete er die Tür und betrat den rot gekachelten Raum. Er war leer. Neben den Waschbecken stand eine Kollektion von Handcremes und Haarsprays. Auf der Herrentoilette war ihm etwas Entsprechendes nicht aufgefallen.

»Verena?«, rief er, ohne zu bemerken, dass er ihren Vornamen benutzte.

Er betrat den Raum mit den WC-Kabinen. Beide Türen waren nur angelehnt. Er linste hinein. Sie waren leer.

»Scheiße«, sagte er. Eilig ging er hinaus und prallte vor der Tür mit Freddy Schenk zusammen.

Freddy warf einen interessierten Blick auf die Tür, aus der er gerade gekommen war.

»Hast du beschlossen, dein Leben zu ändern?«, fragte er.

»Hat mich ausgetrickst, das Biest«, murmelte Ballauf.

Freddy lehnte sich an die Wand. Er sah ihn an, aber irgendwie schien sein Blick abwesend. Auf Ballaufs Stirn erschien eine steile Falte.

»Was ist passiert?«, fragte er alarmiert.

»Krämers«, sagte Freddy tonlos. »Lochte hat ihn erwischt.«

»Und?«, fragte Ballauf.

»Oberschenkelschlagader. Er ist verblutet.«

Ballaufs Schultern sanken herab. Krämers. Ausgerechnet. Der Mann hatte drei Kinder.

Er holte tief Luft.

»Drei Opfer, Max«, sagte Freddy tonlos. »Die reißen uns in Stücke.«

Ballauf nickte. Zu sagen gab es nichts. Freddy hatte recht.

***

Verena Radek betrat das unauffällige, kleine Hotel, das neben etlichen anderen in einer der kleinen Straßen hinter dem Breslauer Platz lag. Der Portier hob kurz den Kopf von seinem Kreuzworträtsel, grüßte sie beiläufig mit einem Nicken und beachtete sie nicht weiter. Sie stieg die Treppe zum zweiten Stock hoch. Auf dem Flur nahm sie ihr Schminkmäppchen aus der Handtasche. Sie klappte es auf und überprüfte im Licht der kleinen Batterieleuchte darin kurz ihr Make-up. Vorsichtig sah sie sich noch einmal auf dem tristen Hotelflur um.

Sie war allein.

Sie zögerte kurz. Dann schloss sie die Zimmertür auf.

Der Raum lag im Halbdunkel. Vor dem Fenster leuchtete die Hotelreklame. Regen prasselte gegen die Scheibe. Als sie nach dem Lichtschalter tastete, fühlte sie sich plötzlich von hinten gepackt. Bevor sie aufschreien konnte, legte sich eine Hand auf ihren Mund.

Lochte drehte sie zu sich herum. Er legte den Zeigefinger auf die Lippen, dann ließ er sie los.

Erleichtert atmete sie auf.

Lochte ging zum Fenster. Er achtete darauf, hinter den Vorhängen verborgen zu bleiben, während er prüfend auf die Straße hinunterspähte. Erst als er sicher war, dass unten niemand war, wandte er sich ihr zu.

Sie lehnte neben der Tür an der Wand. »Dachtest du, ich komm nicht allein?«, fragte sie.

Wortlos ging er zum Nachttisch und schaltete die Lampe dort an. Er streifte die Jacke ab, ließ sie auf das Bett fallen und kam auf sie zu. Er stützte die Hände neben ihr an die Wand. Langsam näherte er sein Gesicht dem ihren.

Sie erstarrte. Sie spürte seinen Atem. Seine Lippen berührten ihre Wangen. Als sie sich ihrem Mund näherten, wandte sie leicht den Kopf, aber nur kurz, dann ließ sie es zu, dass ihre Lippen sich berührten. Sie schloss die Augen.

Halb ergeben, halb widerwillig ließ sie sich von ihm von der Wand fortziehen. Er drängte sie zum Bett und hinunter auf die Matratze. Immer noch hielt sie die Augen geschlossen. Sie spürte, wie er sich über sie kniete und begann, die Knöpfe ihrer Bluse zu öffnen. Plötzlich stöhnte er heftig auf und fiel zur Seite.

Sie öffnete die Augen und richtete sich auf. Entsetzt starrte sie auf den feuchten Fleck an ihrer Hand: Es war Blut.

»Bist du verletzt?«, fragte sie.

»Ich hab keine Chance«, sagte er leise, und wandte den Blick ab. »Die kriegen mich.«

»Du hast eine Chance«, sagte sie streng. »Selbst die Polizei sagt, es war kein Mord.«

Mit einem energischen Griff half sie ihm, seinen Oberkörper aufzurichten. Er verzog schmerzerfüllt das Gesicht. Vorsichtig zog sie ihm den Pullover über den Kopf. Sein linker Oberarm war blutverschmiert von der flachen Wunde eines Streifschusses an der Außenseite.

»Wo hast du die Verletzung her?«, fragte sie.

Er wagte nicht, sie anzusehen. »'n Bulle«, murmelte er. »*Der* hat zuerst geschossen«, setzte er heftig hinzu, als er ihren erschrockenen Blick sah.

Verzweifelt ließ sie die Schultern sinken. Sie fasste seinen Kopf mit beiden Händen und zwang sein Gesicht in ihre Richtung.

»Warum?«, schrie sie ihn an. »Wie ist das passiert?«

Sein Blick war leer von dem Entsetzen, das in seinem Kopf herrschte – dem Entsetzen über die Situation, in der er sich befand. Er hatte gehofft, ihre Gegenwart würde ihn das Geschehene vergessen lassen. Die Hoffnung hatte getrogen.

»Der hat auf mich geschossen«, stammelte er. »Ich … ich hab einfach nur draufgehalten.«

Wortlos stand sie vom Bett auf und ging durch die offene Tür ins Bad. Sie nahm eines der weißen Handtücher vom Halter und feuchtete es am Waschbecken an.

»Er hat geschrien«, sagte er tonlos. »Vielleicht ist er ja bloß verletzt.« Aber sein Blick und der Klang seiner Stimme verrieten, dass er das selbst nicht glauben konnte.

Stumm und mit steinerner Miene kehrte sie zum Bett zurück. Sie setzte sich neben ihn und begann, seinen Oberarm mit dem Handtuch zu reinigen. Er zuckte zusammen vor Schmerz, als sie die Wunde berührte.

»Ich will nicht zurück in den Knast«, flüsterte er

atemlos. Zitternd presste er sein Gesicht in ihre Halsbeuge.

Sie strich ihm mit der Hand zärtlich über den Rücken.

»Warum lassen die mich nicht einfach in Ruhe?« Tränen traten in seine Augen, und er ließ es geschehen. »Ich *geh* nicht wieder rein«, sagte er, und sah sie an.

Verena sah ihn an und schüttelte entschieden den Kopf.

Nein, hieß das. Er würde nicht wieder reingehen. Sie würde es nicht zulassen.

Erschöpft schloss er die Augen und ließ sich in ihre Arme fallen.

Er schreckte hoch, als das Martinshorn eines vorbeifahrenden Polizeiwagens in seine wirren Träume drang. Tageslicht flutete durch das Fenster. Er lag mit nacktem Oberkörper auf dem Bett des Hotelzimmers, in ihrem Arm. Seine Wunde war notdürftig mit einem zerrissenen Handtuch verbunden. Der weiße Stoff war blutdurchtränkt.

Verena lag neben ihm, vollständig bekleidet, und sah ihn ernst an.

Er seufzte. »Ich bin echt 'n Spitzenlover, was?«, fragte er mit einem schiefen Grinsen. Er versuchte den Schmerz in seinem Arm zu ignorieren und kuschelte sich an sie. Sie streichelte sanft durch sein Haar, und er döste wieder ein.

***

»Von hier aus hat er überall angerufen«, sagte Kommissar Schmidtke und wies auf die roten Plastikfähnchen, die er in den Stadtplan an der Bürowand gesteckt hatte. »Aber er weiß, dass wir ihn orten können. Deshalb schaltet er Mangolds Handy immer nur ganz kurz ein.«

»Was ist mit SMS?«, fragte Freddy.

Schmidtke trank aus seinem Kaffeebecher.

»Zwei Stück, dann war nix mehr«, sagte er. »Aber vielleicht ist er auch längst verschwunden. Wir hatten fünf Anrufe aus dem Ausland bei der Radek. Sogar einen von den Seychellen.«

Freddy lachte auf. »Oh, besorg mir 'n Ticket. *Dem* Hinweis geh ich selbst nach.«

Ballauf kam durch die Tür vom Gang herein, neben ihm ging von Prinz von der Staatsanwaltschaft.

»Das kann ich allein nicht entscheiden«, hörte Freddy ihn zu Ballauf sagen. »Aber ich kümmer mich drum. Wir brauchen dafür auf jeden Fall eine richterliche Genehmigung.«

Ballauf bedankte sich, und von Prinz ging weiter. Ballauf blieb neben Freddy stehen.

»Was denn für eine Genehmigung?«, fragte Freddy, aber Franziska rief von ihrem Schreibtisch her seinen Namen. Sie wandten sich um.

»Freddy, da ist 'n Anruf vom Großmarkt. Der Lochte sitzt in der Kneipe an der Nordseite. Ein Gemüsehändler hat ihn erkannt.«

Ballauf und Freddy tauschten nur einen kurzen Blick, dann setzten sie sich in Bewegung.

»Da fahren wir selbst hin«, rief Freddy Franziska noch über die Schulter zu. »Ich meld mich!«

Dann waren sie aus der Tür.

***

Auf dem Großmarkt war jetzt am späten Vormittag nicht mehr allzu viel los. Das große Geschäft war hier bei Tagesanbruch schon gelaufen. Unter dem hohen, gewölbten Dach der großen Halle fuhren nur noch ein paar vereinzelte Gabelstapler leere Gitterboxen oder Palettenstapel hin und her. Die Stände der Großhändler waren verwaist.

Die Kneipe befand sich an der Stirnwand im ersten Stock. An beiden Seiten der Halle führten Gittertreppen zu einem schmalen Balkon, über den neben der Kneipe auch ein halbes Dutzend Büros zu erreichen war, von denen aus das Geschehen unten in der Halle kontrolliert und gesteuert wurde.

Sie brauchten sich nicht abzusprechen. Wortlos trennten sie sich. Freddy ging zur rechten Treppe, Ballauf zur linken. Wenn Lochte noch oben war, würden sie ihn kriegen, so sicher wie das Amen in der Kirche. Freddy war als Erster oben. Er wartete, bis Ballauf am anderen Ende des Balkons auftauchte, dann gingen sie auf die Kneipe zu, die ziemlich genau in der Mitte des Balkons lag.

Sie waren nicht zu früh: Kaum, dass sie sich in Bewegung gesetzt hatten, öffnete sich die Tür der Gaststätte, und Lochte trat heraus. Als er Freddy gewahr wurde, fuhr er herum. Aber dort stand Ballauf und grinste ihn an.

Ein-, zweimal sah er zwischen ihnen hin und her, dann machte er einen Schritt zurück auf die Kneipentür zu, aus der er gerade gekommen war, aber offenbar wurde ihm schnell klar, dass es dort keinen Ausweg für ihn geben würde. Mit entschlossener Miene packte er das Geländer des Balkons und schwang sich hinüber.

Freddys Brauen schossen konsterniert in die Höhe. Der Balkon war gut fünf Meter hoch. Er sprang zum Geländer und sah hinunter. Lochte war in einer großen Gitterbox voll leerer Bananenkartons gelandet und kletterte gerade mühsam heraus.

Ballauf kniff ärgerlich die Lippen zusammen und lief zu der Stelle, an der Lochte das Geländer überquert hatte. Mit einer schnellen Geste bedeutete er Freddy, die Treppe zu nehmen. Er selbst nahm den Weg, den der Flüchtende genommen hatte.

Krachend landete er in den Kartons. Er brauchte ein paar Sekunden, bis er sich aus dem Papphaufen befreit hatte. Als er aus der Gitterbox sprang, sah er Lochte auf den Ausgang zulaufen. Aber bevor er ihn erreichte, tauchte Freddy zwischen zwei hohen Palettenstapeln auf und stellte sich ihm in den Weg.

Lochte drehte um und fand sich wieder eingekesselt. Hektisch sah er sich um, dann flüchtete er in einen der schmalen Gänge zwischen den Gitterwänden der Marktstände.

Ballauf schüttelte genervt den Kopf. Er lief ebenfalls zwischen den Ständen her. Freddy tat es ihm nach, und im nächsten Gang wiederholte sich das Spiel, doch plötzlich spurtete Lochte auf eine mit schwerem halbdurchsichtigem Plastik verhangene Staplereinfahrt zu.

Freddy grinste Ballauf an. Sie folgten Lochte gelassen, denn sie wussten etwas, was er nicht wusste.

Lochte zerrte an dem Kunststoffvorhang und fand sich vor einer verschlossenen Gittertür wieder. Als er sich panisch umdrehte, sah er die beiden Kommissare auf sich zukommen. Freddy hatte seinen schweren Magnum-Revolver in der Hand.

Neben der Einfahrt entdeckte Lochte eine Toilettentür und sprang darauf zu. Er rüttelte an der Klinke, aber die Tür war verriegelt.

»Hände hoch und an die Wand, Lochte«, sagte Freddy und zielte mit dem Revolver auf ihn. »Sie sind festgenommen.«

Mit ein paar schnellen Schritten war Ballauf bei Lochte und knallte ihn gegen die Wand.

»Umdrehen!«, bellte er. »Hände an die Wand!«

Lochte gehorchte und Ballauf tastete ihn ab. Er hatte nicht die geringste Lust, der Nächste zu sein, den Lochte auf seiner Flucht umlegte. Sorgfältig und nach Vorschrift suchte er Lochtes Jacke ab, tastete innen und außen an seinen Hosenbeinen entlang, aber er fand keine Waffe. Nur eine Brieftasche, die er aus der Gesäßtasche von Lochtes Bluejeans zerrte.

Er reichte sie Freddy und zog seine Handschellen aus der Jackentasche.

»Hände runter«, kommandierte er. Als Lochte nicht sofort reagierte, half er nach und fesselte seine Hände hinter dem Rücken – vielleicht ein wenig strammer als unbedingt nötig.

»Ihr seid doch bekloppt«, stieß Lochte hervor. »*Wer* soll ich sein?«

Ballauf sah Freddy irritiert an. Er hatte nicht gewusst, dass Lochte aus Sachsen kam. Aber sein Akzent ließ daran keinen Zweifel.

Freddy hatte die Brieftasche aufgeklappt und starrte den Personalausweis darin an.

»Hans Peter Nesch«, las er vor. »Geboren 21. April 72 in Bautzen.«

»Das stimmt aber«, stieß der Mann hervor, der nicht Lochte war.

Freddy sah ihn verständnislos an. Ballauf war der Erste, der die Situation erfasste. Er drehte den Mann zu sich um und knallte ihn mit dem Rücken wieder gegen die Wand.

»Bewaffneter Raubüberfall«, sagte er. »Du bist vorläufig festgenommen.«

Jetzt endlich kapierte auch Freddy, mit wem sie es hier zu tun hatten.

»Ach, *du* bist das«, brüllte er den Mann an.

Wütend packte er in eine Kiste mit Gemüseabfällen, neben der er stand, und warf dem Mann einen verfaulten Salatkopf ins Gesicht. Er wäre mit geballten Fäusten auf ihn losgegangen, wenn Ballauf ihm nicht in den Arm gefallen wäre.

»*Er* ist an allem schuld!«, schrie Freddy, und Ballauf hatte Mühe, ihn zurückzuhalten. Er tat das auch nur, weil es vernünftig war. Nicht weil er es wollte. Wenn es nach ihm gegangen wäre, hätte Freddy mit diesem Sachsen machen können, was er wollte.

Aber die Vorschriften.

»Freddy, komm, hör auf«, sagte er deshalb eindringlich, doch Freddy war nicht zu beruhigen.

»Dieser Dreckskerl ist an allem schuld!«, brüllte er weiter den sichtlich eingeschüchterten Doppelgänger an. »Läuft seit Jahren frei draußen rum und lässt Unschuldige für sich brummen. Ich fass es nicht! So ein Scheißkerl! Mann …!« Er versuchte sich aus Ballaufs Griff zu befreien.

Der Gesichtsausdruck des Mannes wurde panisch.

»Hör auf, Freddy, hör auf«, sagte Ballauf drängend. »Es reicht.«

Freddy zitterte vor Wut, doch er fing sich wieder. Der Blick, mit dem er diesen Nesch oder wie er hieß, musterte, verhieß allerdings wenig Gutes für dessen Zukunft. Und so wie der guckte, war ihm das auch klar.

SIEBEN

»Sorry«, sagte Verena Radek, als sie Ballauf die Tür öffnete, doch ihr Gesichtsausdruck zeigte nicht wirklich Reue. »Aber Sie sind selbst schuld. Sie haben's mir ganz schön gegeben.«

Ballauf wiegte skeptisch das Haupt. »Aber deswegen das Lokal durch den Hinterausgang zu verlassen … na ja …«

»Wie kann ich's denn wiedergutmachen?«, fragte sie mit einem kleinen Lächeln. Sie gab die Tür frei und bat ihn mit einer Kopfbewegung in die Wohnung.

Ballauf trat ein, ohne die Hände aus den Taschen zu nehmen.

»Wenn Sie das nächste Mal mit ihm vögeln, dann können Sie ihn festbinden und mich anrufen«, sagte er kühl.

Sie schloss die Tür hinter ihm.

»Sie sind *wirklich* sauer, hm?«, fragte sie leise.

Ballauf zuckte die Achseln. Was hatte sie erwartet? Dass er sich freute, wenn sie ihn veralberte? Aus dem Wohnzimmer klang klassische Orchestermusik.

»Wie wär's mit 'nem Tee?«, fragte sie in versöhnlichem Ton. »Ist gerade fertig.«

»Gerne«, antwortete er in einem Ton, der so gerade eben nicht unhöflich war.

Sie verschwand in der Küche. Ballauf ging langsam in der Wohnung umher.

»Was haben Sie ihm denn alles mitgebracht?«, fragte er, laut genug, dass sie ihn in der Küche hören konnte. »Geld, Papiere … 'ne Maschinenpistole …«

Sein Blick fuhr suchend durch das Zimmer.

»Nicht jeder, der gegen Gesetze verstößt, wird von niederen Instinkten geleitet«, rief sie aus der Küche herüber.

Er entdeckte ihr Handy im Regal neben der Stereoanlage. Schnell griff er danach und öffnete das Akkufach.

»Wovon wird er *denn* geleitet? Christlicher Nächstenliebe?«, rief er in die Küche. Hastig fummelte er den Akku heraus und öffnete die Verriegelung der SIM-Karte.

»Ronny ist kein Krimineller«, hörte er sie nebenan sagen. »Ich habe auch Mitleid mit den unschuldigen Opfern. Aber Ronny hat das alles nicht gewollt.«

»Hmm …«, brummte Ballauf. Er setzte eine andere SIM-Karte und den Akku ein. »Ich sag Ihnen mal was: Seit über zehn Jahren arbeite ich jetzt bei der Mordkommission …« Er verschloss das Akkufach, schaltete das Handy wieder an und gab die neue PIN ein. »Und seit über zehn Jahren höre ich immer wieder denselben Satz: Ich hab das nicht gewollt.«

Er hatte das Handy gerade wieder an seinen Platz gelegt, da hörte er sie auch schon aus der Küche kommen. Schnell steckte er ihre SIM-Karte in die Jackentasche. Sie balancierte eine Teekanne und zwei Becher auf einem Tablett herein.

»Und immer, wenn ich diesen Satz höre, krieg ich einfach das Kotzen«, fuhr er ungerührt fort. »Brutalität, Skrupellosigkeit und Egoismus, *des*wegen werden die meisten Menschen zu Mördern.«

Sie stellte das Tablett auf dem niedrigen Tisch ab und verteilte Tassen und Löffel.

»Das passiert nicht nur einfach *so*«, setzte er harsch hinzu.

Sie sah ihn protestierend an. »Und wie dreckig es ihm gegangen ist sechs Jahre lang, das interessiert keinen«, sagte sie. »Für *nichts* habt ihr ihn eingesperrt. Sein Verbrechen ist, dass er rauswollte.«

Ballauf erwiderte starr ihren Blick.

»Nee«, sagte er kalt. »Dass er dabei über Leichen geht.«

Sie verschränkte die Arme vor der Brust. Steif und aufrecht stand sie da.

»Alles, was jetzt passiert ist, dazu habt ihr ihn getrieben«, sagte sie leise.

»Wenn er sich nicht stellt, dann kommt er sein Lebtag nicht mehr raus aus dem Knast«, antwortete Ballauf und drehte sich um.

»Oder er kriegt 'ne Kugel ab«, setzte er noch hinzu, bevor er die Tür hinter sich schloss.

Den Tee hatte er nicht angerührt.

***

»Kapier ich nicht«, sagte Freddy. Er saß auf der Platte seines Schreibtisches und sah dem jungen Techniker zu, der Verena Radeks SIM-Karte in ein Diensthandy einlegte.

»Wir haben den PIN-Code isoliert. Das ist mit dem entsprechenden Equipment kein großes Problem.«

Er schaltete das Handy an und gab den Code ein.

»Das heißt, *wir* können jetzt mit *ihrer* SIM-Karte telefonieren?«, fragte Freddy.

Der Techniker grinste. »Probieren wir's«, sagte er und wählte eine Nummer. Ein paar Sekunden später begann Ballaufs Handy zu läuten. Er zog es aus der Tasche und sah auf das Display. »Ist ihre Nummer«, sagte er.

Der Techniker nickte zufrieden und unterbrach die Verbindung.

Freddy runzelte die Stirn. »Aber das merkt die doch«, sagte er. »Ohne ihre SIM-Karte kann sie doch gar nicht telefonieren!«

Der Techniker zuckte die Achseln. »Doch. Sie hat ja eine von uns drin«, sagte er. »Damit kann sie raustelefonieren, allerdings nicht angerufen werden.«

Freddy schüttelte den Kopf. »Link ...«, sagte er mit einem Grinsen.

Ballauf spitzte die Lippen. »Und wenn sie ihr Handy abstellt?«, fragte er.

»Tja, das wär nicht so gut«, sagte der Techniker und stand auf. »Dann kann sie es nicht mehr anschalten.«

Er grüßte mit einem Winken und ging hinaus.

***

Elke Meerbusch drückte die Küchentür mit der Schulter auf und trug die beiden Teller in die Kneipe. Die beiden Polizisten, die es sich am Fenstertisch gemütlich gemacht hatten, falteten ihre Zeitungen zusammen und sahen ihr freudig entgegen. Außer den beiden war niemand da.

»Herrlich!«, sagte Kommissar Wirtgen mit glücklichem Gesicht, als sie den strammen Max vor ihn hinstellte.

Auch Schmidtke grinste. »Guck mal«, sagte er und griff eilig zu seinem Besteck. »Statt Innendienst strammer Max mit drei Eiern und Gurkenfächer.« Er steckte sich den ersten Bissen in den Mund und sprach kauend weiter. »*So* ein Personenschutz könnte ruhig noch 'n paar Tage weitergehen.«

Elke Meerbusch ging hinter die Theke und schenkte zwei Gläser Orangensaft ein.

»Ihr werdet ihn schon schnappen, hm?«, sagte sie, als sie die Gläser vor den beiden Männern abstellte.

»Na, bei *der* Verpflegung überlegen wir uns dat noch mal«, sagte Schmidtke mit vollem Mund.

Wirtgen lachte, während er mit dem Brot das auslaufende Eigelb auftupfte.

Sie setzte sich und sah den Kripobeamten beim Essen zu.

»Ist es denn immer so leer hier um die Zeit?«, fragte Schmidtke und wies mit der Gabel in die leere Kneipe.

»Eigentlich haben wir ja noch zu«, sagte Elke. »Aber ich warte auf den Bierlieferanten. Deswegen bin ich so früh hier.«

Schmidtke nickte verstehend und beschäftigte sich weiter mit seinem strammen Max. Plötzlich ertönte ein dröhnendes Hupen von draußen. Auf dem Bürgersteig, direkt vor dem Fenster, hielt ein Getränkelaster.

»Ah, da ist er ja schon«, sagte Elke. »Ich geh mal in den Keller und mach die Bierluke auf.«

»Okay«, antwortete Schmidtke und aß weiter.

Elke ging nach hinten. Sie suchte den Schlüssel für den Bierkeller aus der Schublade hinter der Theke, dann öffnete sie die Kellertür und stieg hinunter. Sie durchquerte den grauen unaufgeräumten Kellerraum. Unter der Luke hing eine lange Eisenstange an dem Regal, in dem sie Gläser und Papierhandtücher lagerte. Sie nahm sie und entriegelte damit die Metallklappe in dem Schacht hoch über ihrem Kopf.

Die Luke quietschte, als der Fahrer oben auf der Straße sie öffnete.

Elke stellte die Stange wieder an ihren Platz.

»'n Morgen«, rief sie über die Schulter zur Luke hoch.

»Wenn du fertig bist, bring mir den Lieferschein rein. Tür ist offen.«

Sie war schon auf halbem Wege zurück zur Treppe, als ein rutschendes Geräusch sie stutzen ließ. Sie drehte sich um und sah den Fahrer, der sich in den Schacht hinunterließ.

»He!«, rief sie empört und schrak zurück, als der Mann sich zu ihr umdrehte.

Es war Lochte.

Er zielte mit einem Revolver auf sie.

»Sei still«, zischte er und stieg aus dem Schacht in den Keller, »dann passiert dir nix.«

Sie wagte nicht, sich zu rühren. Gebannt starrte sie auf die Waffe.

»Was willst du?«, fragte sie mit zitternder Stimme.

Lochte bemerkte ihren Blick. Er sah zweifelnd auf die Waffe. Nach kurzem Zögern legte er sie im Regal ab und sah Elke an.

»Ehrliche Antworten«, antwortete er. »Im Knast hab ich ja nix von dir gehört.«

Sie schluckte heftig. »Was denn für Antworten?«, stieß sie hervor.

»Zum Beispiel, warum du mich verpfiffen hast, damals vor Gericht«, sagte er und grinste böse.

Ihr Kinn zitterte, ihr Blick fuhr durch den Raum, und plötzlich drehte sie sich um und rannte zur Treppe.

Lochte griff den Revolver wieder und sprang ihr hinterher. Noch bevor sie die zweite Stufe erreicht hatte, hatte er sie am Oberarm gepackt und zerrte sie wieder herunter. Er schleuderte sie herum, quer durch den Raum. Sie prallte mit dem Rücken gegen die Wand, und er presste seinen Unterarm gegen ihre Kehle. Sie rang nach Atem. Sein Gesicht war nur Zentimeter von ihrem entfernt. Sie versuchte seinem Blick und seinem Atem auszuweichen und drehte den Kopf weg, soweit Lochte es zuließ. Sie fühlte den rauen Beton der Kellerwand an ihrer Wange.

»Ich hab Angst gehabt, Ronny«, keuchte sie. »Ich hab … ich hab Schiss gehabt, dass sie mir das Kind wegnehmen, wenn ich für dich lüge.«

»Wenn es dir nützte, hast du doch *immer* gelogen«, sagte er gefährlich leise. Sein Griff umfing schmerzhaft ihre Oberarme.

»Es tut mir leid«, jammerte sie, aber er war noch nicht fertig.

»Und die Fotos? Die du an die Zeitung verhökert hast? Und überhaupt unsere ganzen Sachen!«

»Ich hab …«, sie rang panisch nach Atem, »ich hab doch *Geld* gebraucht! Für die Wohnung, für das Kind, und du warst doch nicht da!«, rief sie anklagend.

Er verzog höhnisch den Mund. »Auf alles hast du 'ne Antwort. Wie früher … Und immer bin *ich* dran schuld.«

Ihr Gesicht verzerrte sich, als sie zu lächeln versuchte. »Ich … ich hab der Polizei gesagt, dass du 'n … dass du 'n netter Junge bist«, keuchte sie.

Wütend stieß er sie gegen die Wand und presste seine Hand auf ihren Mund. Er konnte ihr Gejammer und ihre Lügen nicht mehr ertragen.

»Und dass sie mich auch gleich mal in unserem alten Versteck suchen sollten, das hast du ihnen auch gesagt. War doch so, oder?«

Im Radio lief »Kung Fu Fighting«. Kommissar Schmidtke wischte sich den Mund mit der blau geblümten Papierserviette ab und ließ sie dann auf den restlos geleerten Teller fallen. Mit einem befriedigten Grunzen lehnte er sich zurück und summte das Lied mit. Auch Wirtgen sah sehr entspannt aus. Er fingerte eine Packung Zigaretten aus der Jackentasche und bot Schmidtke eine an.

Genussvoll sogen sie den Rauch ein, aber nach einer kurzen Weile fiel Schmidtkes Blick auf die Kellertür.

»Die braucht aber lange, um die Luke aufzumachen«, sagte Wirtgen.

Schmidtke nickte. »Ich guck mal nach ihr«, sagte er und stand auf, die Zigarette im Mundwinkel. Er ging um die Theke herum. Immer noch summte er den alten Disco-Klassiker mit, bis er die Klinke der Kellertür drückte und sie verschlossen fand. Er nahm die Zigarette aus dem Mund und warf Wirtgen einen alarmierten Blick zu.

»Frau Meerbusch!«, rief er, und rüttelte an der Klinke. »Frau Meerbusch!«

»Scheiße!«, sagte Wirtgen und rutschte mühsam auf der Bank hinter dem Tisch hervor.

Schmidtke rannte zur Tür. »Los!«, rief er. »Da ist was faul. Zur Bierluke.«

Sie stürmten dicht hintereinander auf die Straße. Aber die Bierluke war verschlossen. Schmidtke kickte prüfend mit der Schuhspitze dagegen und sah sich um. Nach wie vor stand der Bierlaster auf dem Bürgersteig. Schmidtke deutete auf das Fahrerhaus.

Wirtgen nickte. Er zog seine Dienstwaffe und öffnete die Tür, aber es war niemand drinnen.

Auch Schmidtke hatte seine Waffe in der Hand, als sie zum Heck des Lasters gingen und vorsichtig in die offene Ladeklappe hineinsahen.

Zwischen Bierfässern und Getränkekisten sahen sie ein paar Arbeitsschuhe hervorlugen.

Schmidtke kletterte hinein. Auf dem Boden lag der

Bierfahrer, gefesselt und mit einem schmutzigen blauen Lappen geknebelt.

Er sah Schmidtke flehend an und stieß jämmerliche Geräusche aus.

Schmidtke stieß seine Waffe ärgerlich zurück in das Holster.

»Scheiße«, murmelte er.

***

Lochte stand lange hinter einem Baum verborgen, bis er den Mut fand, die Straße zu überqueren.

Hinter dem Gitter spielten hundert oder mehr Kinder auf dem Pausenhof der Grundschule. Er stellte sich an den Zaun und suchte in dem Gewimmel nach Annika. Er hatte Angst vor diesem Zusammentreffen. Fast befürchtete er, er würde sie nicht wiedererkennen. Er hatte ja nicht einmal ein Foto von ihr, das jünger als sechs Jahre war. Vielleicht sah sie ja ganz anders aus, als er sie sich in seiner Einsamkeit vorgestellt hatte. Vielleicht würden sie sich gar nicht erkennen, denn sie war ja grade erst vier gewesen, als sie ihn ihr weggenommen hatten. Vielleicht war es ja die Kleine dort hinten, die Gummitwist sprang, oder das Mädchen daneben, das ihn so desinteressiert ansah.

Aber dann sah er sie, fast fünfzig Meter entfernt. Er sah sie, und sie sah ihn, und es gab nicht den geringsten Zweifel. Sie erkannte ihren Vater genauso sicher wie er seine Tochter. Beide standen reglos da und sahen sich in die Augen.

Sein Herz klopfte, und er spürte einen drückenden Kloß im Hals.

Nicht weinen, dachte er. Jetzt nicht. Mach sie nicht traurig.

Langsam setzte er sich in Bewegung und ging zum Tor. Und zu seiner grenzenlosen Erleichterung kam sie auf ihn zu. Am Tor standen sie sich gegenüber. Sie trug eine bunt gestreifte Strickmütze. Er fröstelte, die Beherrschung zu behalten kostete fast mehr Kraft, als er aufbringen konnte. Am liebsten hätte er Annika an sich gepresst und nie wieder losgelassen, aber so stand er nur da und sah sie an.

»Ich hab dich in den Nachrichten gesehen«, sagte sie. »Was die jetzt über dich sagen, das ist alles falsch?«

»Ja«, antwortete er ruhig und entschieden. »Ich bin unschuldig.«

Sie sah ihn an, und er verstand ihren Blick – einen Blick, für den sie eigentlich viel zu jung war. Sie wollte ihm vertrauen, aber sie wusste nicht, ob sie es wagen durfte.

»Die haben's nur nicht geglaubt, weißt du«, sagte er.

Er schien sie nicht zu überzeugen. Immer noch sah sie ihn mit diesem Blick an.

»Aber lass uns gleich darüber reden«, sagte er. »Nicht hier.«

Sie nickte zur Antwort.

Hinter seinem Rücken zog er nun einen ziemlich großen weichen Plüschbären hervor und hielt ihn ihr mit einem Lächeln hin.

»Du hast also dran gedacht«, sagte sie, ernst, fast ein bisschen traurig.

»Hab ich dir doch versprochen, Süße.«

Sie nahm den Bären und sah ihn zweifelnd an.

»Aber ich bin zehn«, sagte sie. »Jetzt spiel ich nicht mehr mit so was.«

Er verzog den Mund ein wenig zu einem entschuldigenden Lächeln. Am liebsten hätte er losgeheult.

»Du hast mir mehr versprochen«, sagte sie ernst. »Dass du unschuldig bist und dass du früher rauskommst.«

Und immer noch dieser Blick. Hilflos sah er zur Seite. Sein Blick streifte den eleganten schwarzen BMW, mit dem er gekommen war. Er hatte ihn am Morgen in der Innenstadt gefunden. Der Wagen hatte mit laufendem Motor in zweiter Reihe vor einer Bäckerei gestanden, und er war einfach eingestiegen und losgefahren. Im Rückspiegel hatte er noch eine hagere ältere Frau gesehen, die hinter ihm herschrie. Sie trug eine Leopardenpelzjacke und eine Brötchentüte in der Hand. Den BMW zu klauen hatte ihm weniger ausgemacht als vorgestern die Handtasche mit den dreißig Euro.

»Bist du schon mal in so 'nem Auto mitgefahren?«, fragte er.

Annika schüttelte den Kopf.

»Stört's dich, dass er nur geliehen ist?«, fragte er.

Nun lächelte sie – warm und liebevoll, und sein Herz tat einen Sprung.

***

»*Was?*«, schrie Freddy in sein Handy. »So eine Scheiße! Ich bin in drei Minuten bei euch!«

Er setzte das Blaulicht auf das Dach des Mustangs und gab Gas. Der Verkehr auf der Kalker Hauptstraße war dicht, aber er setzte rigoros zum Überholen an.

Immerhin war er in der Nähe, aber das war pures Glück. Diesen Idioten Schmidtke konnte man wirklich nicht allein lassen, dachte er. Und Wirtgen war auch keinen Schuss Pulver wert, wenn es drauf ankam.

An der Kreuzung Kalk-Mülheimer konnte ein tiefergelegter Golf nur knapp ausweichen. Wahrscheinlich hatte er die Stereoanlage zu weit aufgedreht, um das Martinshorn zu hören. Sekunden später hielt Freddy mit quietschenden Reifen vor Elke Meerbuschs Kneipe. Ein großer Getränkelaster stand auf dem Bürgersteig. Schmidtke und Wirtgen kümmerten sich gerade um einen älteren Mann im blauen Overall, wahrscheinlich den Fahrer.

»Lochte hat ihn niedergeschlagen«, sagte Wirtgen.

Ein Martinshorn näherte sich. Freddy sah die Straße hinunter, ein Rettungswagen kam rasch herangefahren.

»Wart ihr schon im Keller?«, fragte Freddy.

»Der ist abgeschlossen«, sagte Schmidtke und zuckte zusammen, als Freddys Blick ihn traf.

»Komm mit«, fauchte Freddy und stürmte in die Kneipe. Die Kellertür hatte vier Wellglasfenster. Freddy trat hinter den Tresen und zog ein paar Schubladen auf. Bei der dritten wurde er fündig: ein großer Holzhammer zum Anschlagen von Bierfässern.

Er nahm ihn, trat an die Tür und schlug eines der Fenster ein. Tatsächlich steckte der Schlüssel von innen. Freddy griff durch das eingeschlagene Fenster und schloss auf.

Schmidtke folgte ihm die Treppe hinunter.

»Frau Meerbusch!«, rief Freddy, aber der Keller war leer. Er lief zur Bierluke, sie war von innen verriegelt.

Schmidtke hatte eine Tür entdeckt und winkte ihn zu sich. Sie führte zu den Nachbarkellern. Das dürfte Lochtes Fluchtweg gewesen sein.

»Frau Meerbusch!«, rief Freddy erneut, aber auch hier erhielt er keine Antwort.

Sein Blick fiel auf die weiße Metalltür des Kühlraumes, halb verborgen hinter Stapeln leerer Getränkekisten. Mit einiger Mühe öffnete er den großen Riegel, der den Raum luftdicht verschloss. Er war schwergängig. Als er ihn endlich offen hatte, riss er die Tür auf. Kalte Luft schlug ihm entgegen.

In der Mitte des Raumes saß Elke Meerbusch. Ihr Mund war mit Packband verklebt. Lochte hatte sie auf einem Stuhl gefesselt, die Arme hinter der Lehne, die Fußgelenke an den Stuhlbeinen. Sie sah Freddy mit weit aufgerissenen Augen entgegen. Ihr Lidschatten war von ihren Tränen über das Gesicht verteilt worden. Die Strickjacke war ihr von den Schultern gerutscht. Darunter trug sie nur ihr kurzes, ärmelloses Kleid und zitterte in der Kälte.

Entschlossen riss Freddy ihr das Klebeband vom Mund. Schmidtke kümmerte sich um die Fesseln.

Sie rang panisch nach Atem.

»Sind Sie verletzt?«, fragte Freddy.

»Nein. Nein …«, stieß sie schluchzend hervor und schüttelte heftig den Kopf.

Freddy streifte seinen Mantel ab und legte ihn ihr um die Schultern.

Sie sah ihn an. Tränen und Rotz liefen ihr über das Gesicht. »Annika … wo ist Annika?«, fragte sie.

Freddy sah alarmiert zu Schmidtke.

»Wer ist bei dem Kind?«, fragte er.

Schmidtke zuckte die Schultern. »Schneider passt auf sie auf, aber erst nach der Schule.«

Elke Meerbusch brach in hemmungsloses Heulen aus.

***

»Guck mal da«, rief Lochte und lief gemeinsam mit Annika auf das Paviangehege zu. Einige der Affen jagten sich gegenseitig über den Felsen und die Kletterbäume hoch.

»Die haben aber komische Hintern«, kicherte Annika.

Er lachte. Für ein paar Momente fühlte er Glück. Er schloss die Augen.

»Was war mit meinen Briefen?«, fragte er leise.

»Die hat sie gleich weggeschmissen«, sagte Annika.

Er sah zur Seite und versuchte, seine Enttäuschung zu verbergen, aber es gelang ihm nicht.

»Aber ein paar hab ich davor noch gelesen«, sagte sie und lächelte ihn tröstend an.

»So?«, fragte er erfreut.

Sie nickte und biss mit nachdenklicher Miene in das rosa Eis am Stiel, das er ihr am Eingang gekauft hatte.

»Sag mal«, sagte sie dann zögernd, »stimmt das eigentlich, was die im Fernseher sagen? ... Dass du drei Leute umgebracht hast.«

Er legte den Arm um sie und zog sie fort von dem Gehege und den Menschen dort. Er merkte, dass sie ihm nur widerwillig folgte.

»Hör zu«, sagte er, als sie auf dem Weg standen, ein wenig abseits von anderen Zoobesuchern. »Egal, was die von deinem Papa sagen: Ich habe keinem etwas getan ...« Er blieb stehen, sie sah ihn mit ihren großen Kinderaugen an. »Außer in Notwehr«, fuhr er fort. »Verstehst du? Ich ... ich musste mich selbst schützen.« Sie presste ihren Kopf an seine Brust. »Glaubst du mir das?«, fragte er.

Aber sie sah ihn nicht an.

***

Freddy stützte sich mit den Fäusten auf Ballaufs Schreibtisch ab. Mit unverhohlen skeptischer Miene sah er zu, wie Ballauf Verena Radeks Festnetznummer wählte. Staatsanwalt von Prinz lehnte neben der Tür an der Wand. Auch er wirkte nicht begeistert. Gedankenverloren spielte er mit dem Handy, in dem Verena Radeks SIM-Karte steckte.

»Radek«, hörten sie sie im Lautsprecher sagen.

»Ballauf, Kripo Köln …« Er machte eine kleine Kunstpause. »Ich muss Sie sehen. Morgen, fünfzehn Uhr. Kennen Sie die Eisenbahnbrücke am Deutzer Hafen?«

»Ja …« Sie klang irritiert. »Und was soll ich da?«

»Ich will Ihnen was zeigen.« Ballauf zwinkerte Freddy zu. »Das wird Sie interessieren.«

»Ihre Briefmarkensammlung?«, fragte sie höhnisch.

Die Frage hätt ich auch gestellt, dachte Freddy.

»Nee, ganz bestimmt nicht«, entgegnete Ballauf angemessen empört, dann senkte er verschwörerisch die Stimme. »Den Kerl, mit dem wir Lochte verwechselt haben.«

»Der ihm so ähnlich sieht?«

»Hmhm …« Ballauf nickte Freddy und dem Staatsanwalt zu. Der Köder war platziert. »Vielleicht schnappen wir ihn ja«, sagte er.

Sie antwortete nicht. Freddy meinte ihr Misstrauen spüren zu können.

»Kommen Sie?«, fragte Ballauf.

Wieder kam zunächst keine Antwort, doch dann folgte ein entschiedenes »Ja«.

»Seien Sie pünktlich«, sagte Ballauf.

»Bin ich«, bekam er zur Antwort.

»Gut«, sagte Ballauf noch.

Dann hatte sie aufgelegt.

Sichtlich zufrieden ließ Ballauf den Hörer wieder auf die Gabel fallen.

Staatsanwalt von Prinz sah skeptisch zu ihnen herüber.

»Wir setzen ihr Leben aufs Spiel«, sagte Freddy.

»Tun wir nicht«, entgegnete Ballauf trotzig.

»Wenn er glaubt, *sie* hat ihn in die Falle gelockt ... Was dann?«, fragte Freddy.

»Du Schlaufuchs!«, fuhr Ballauf ihn an. »Hast du 'ne bessere Idee?«

Freddy verzog beleidigt das Gesicht und ging zur Tür.

»Lassen Sie der Dame nicht allzu viel Leine«, sagte von Prinz zu Ballauf.

»Je mehr wir der Frau auf die Pelle rücken, desto vorsichtiger wird sie doch«, entgegnete Ballauf eindringlich. »Sie muss das Gefühl haben, dass sie uns austricksen kann. Nur dann geht sie auch das Risiko ein, den Kerl zu treffen.«

»Ich häng da mit drin, Ballauf«, sagte von Prinz und legte das Handy auf den Schreibtisch. »Ich hab das abgesegnet.«

»Ja«, sagte Ballauf, aber von Prinz hatte ihm bereits den Rücken gekehrt und rauschte aus der Tür.

***

Lochte trug den Teddybären unter dem Arm, und Annika hielt seine Hand, als sie nebeneinander den Zoo verließen. Lochte sah sich suchend um.

»Hier lang«, sagte er und zog seine Tochter in Richtung des Taxistands. Neben dem ersten Wagen in der Reihe hielt er an. Er reichte ihr das Plüschtier und wühlte ein zerknittertes Bündel kleiner Geldscheine aus der

Tasche seiner Jeans. Dann ging er vor der Kleinen in die Knie und gab ihr einen Zwanziger.

»Du fährst gleich nach Hause, ja?«, sagte er sanft. »Schlüssel hast du ja.«

»Und du?« Sie sah ihn fragend und traurig mit ihren großen Kinderaugen an. »Wo fährst du jetzt hin?«

Er wiegte unentschlossen den Kopf.

»Weißt du's nicht? Oder willst du es mir nicht sagen?«, insistierte sie. »Ich kann die Klappe halten!«, setzte sie entschieden hinzu.

Er musste lachen und streichelte ihr zärtlich über die Wange.

»Weiß ich doch, Süße«, sagte er leise. »Aber ich hab noch keinen Plan.«

Er öffnete die hintere Tür des Taxis und ließ sie einsteigen.

»Rufst du mal an?«, fragte sie.

»Klar doch«, antwortete er. Er beugte sich vor und umarmte sie. Am liebsten hätte er sie wieder aus dem Wagen gezerrt, aber natürlich wusste er, dass das nicht ging. Sie drückte ihm einen dicken Kuss auf die Wange, und er riss sich los.

Mit einem traurigen Lächeln warf er die Tür zu und sah dem Wagen nach, der mit seiner Tochter davonfuhr.

Ihm war kalt.

ACHT

Freddy stand vor Ballaufs Bürowand und starrte gedankenverloren den großen Stadtplan an, der dort hing.

»Hätte ich blöder Hund Lochte damals nicht festgenommen«, murmelte er, »dann wären drei Menschen jetzt noch am Leben.«

Ballauf saß hinter ihm an seinem Schreibtisch und verzog ärgerlich das Gesicht.

»Und das arme Schwein müsste sich da draußen nicht irgendwo im Wald verkriechen«, fuhr Freddy fort.

Ballauf warf seinen Stift auf den Tisch und drehte sich um.

»Ach, so ‘n Quatsch darfste nicht mal denken«, sagte er heftig. »Du bist ‘n Bulle!«

Freddy nickte resigniert. »Ja, so isses nun mal«, sagte er.

Ballauf sah ihn an, als traue er seinen Ohren nicht. »Das ist ‘n *Gewalt*täter. Der hat ‘n paar Menschenleben auf dem Gewissen!«

»Ja, er ist Gewalttäter.« Freddy zuckte die Achseln. »Und ‘n armes Schwein. Vielleicht bin ich *auch* beides. Bulle *und* ‘n Arschloch.«

Ballauf antwortete nicht. Er griff wieder nach seinem Kugelschreiber.

Franziska kam zur Tür herein. »Annika ist wieder daheim!«, sagte Franziska und lächelte schief. »Lochte war zauberhaft zu ihr, und jetzt will sie bei ihm wohnen.«

Die beiden sahen sie nur stumm an.

Sie runzelte die Stirn. »Na, was ist? Wollt ihr sie nicht vernehmen?«, fragte sie erstaunt.

»Nicht nötig«, sagte Freddy. »Morgen schnappen wir ihn ja sowieso.«

»Ach ja?«, fragte Franziska.

»Frag *ihn*«, sagte Freddy und ging an ihr vorbei aus dem Büro.

Sie sah Ballauf fragend an, aber eine klare Antwort konnte sie seinem verzogenen Gesicht nicht entnehmen.

***

Lochte stellte den Motor ab und griff zu Mangolds Handy. Es war früher Abend, die Dunkelheit war schon hereingebrochen. Der BMW stand zwischen hunderten anderer Wagen auf dem überfüllten Parkplatz eines Möbelhauses. Hier konnten sie ihn ruhig anpeilen. Er wäre über alle Berge, bis sie auftauchten.

Er schaltete das Handy an und gab die PIN-Nummer ein. Es dauerte nur Sekunden, bis es den Empfang einer SMS signalisierte. Er rief sie ab.

Sie war von Verena.

»Mittwoch, 15 Uhr. Eisenbahnbrücke am Deutzer Hafen«, las er. Sonst nichts.

Er schaltete das Handy wieder aus und startete den Wagen.

Der Hafen.

Das brachte ihn auf eine Idee. Er hatte schon den ganzen Tag lang überlegt, wo er am unauffälligsten die Nacht verbringen könnte. Im Wagen war er nirgendwo sicher vor den neugierigen Blicken von Joggern oder Spaziergängern.

Aber im Hafen würde vielleicht etwas zu finden sein.

Er parkte den BMW ordentlich auf der Alfred-Schütte-Allee und ging am Bahndamm entlang zum Hafen.

Und tatsächlich fand er, was er suchte. Auf der anderen Seite des Hafenbeckens, im gelben Schein der Lampen dort, stand ein alter Verladekran. So wie er aussah, musste er seit Jahren außer Betrieb sein. Oben war eine Führerkanzel.

Er ging um das Becken herum und sah sich um. Als er sicher war, allein zu sein, kletterte er die Treppe zur Kanzel des Krans hoch.

Sie hatte eine Schiebetür. Er zerrte daran – vergeblich, sie rührte sich nicht, aber verschlossen schien sie auch nicht. Er riss mit aller Kraft an der Klinke, und endlich knirschte etwas, und sie bewegte sich. Er war drin.

Erleichtert und erschöpft lehnte er sich für einen Moment an die Wand. Dann zog er sein Feuerzeug aus der Tasche. Er zündete es an, drehte die Flamme groß und sah sich um.

Die Kanzel war geräumig. Er zog den Revolver aus dem Hosenbund und legte ihn auf dem Steuerpult des Krans ab. Mangolds Handy legte er daneben. Für einen Moment überkam ihn das Verlangen, Verena anzurufen, nur um ihre Stimme zu hören, aber natürlich war ihm klar, wie töricht das gewesen wäre. Sie würden ihn sofort anpeilen.

Er schloss die Augen und rief sich ihr Gesicht in Erinnerung. Schlaf gut, dachte er, und das Gesicht lächelte.

Mit einem Seufzer ließ er sich auf dem Führersitz des Krans nieder und bereitete sich auf eine ungemütliche Nacht vor.

Er wachte auf, als am Kai gegenüber ein Frachter seinen Diesel anließ. Es war noch dunkel. Der Kai unter ihm war menschenleer. Er gähnte und reckte sich in dem Bemühen, seine steifen Knochen wieder beweglich zu bekommen. Dann steckte er Handy und Revolver wieder ein und kletterte die Stahltreppe hinunter.

Er durchquerte das Hafengelände und erreichte die Alfred-Schütte-Allee. Als er um die Ecke bog, fuhr er erschrocken zurück. Neben dem BMW stand ein Polizeiauto. Einer der Beamten stand neben dem Wagen und leuchtete mit einer Stablampe hinein, der andere saß im Streifenwagen und sprach in sein Funkgerät.

Lochte drehte sich um und ging, so normal es seine angespannten Nerven erlaubten, in die andere Richtung davon. Auch als er außer Sicht der Polizisten war, erlaubte er es sich nicht, zu laufen, auch wenn alle Fasern in ihm danach gierten. Ruhig ging er weiter, sogar als er an der Dienststelle der Wasserschutzpolizei vorbeiging, blieb er cool. Erst nachdem er die Drehbrücke an der Hafeneinfahrt überquerte hatte, fiel die Anspannung von ihm ab. Dann machte er sich auf die Suche nach einem neuen fahrbaren Untersatz.

***

Sie konnten sie aus ihrem momentanen Versteck nicht sehen, aber sie wussten, dass Verena Radek unter dem Bogen der alten Eisenbahnbrücke stand, auf der gerade donnernd ein langer Güterzug erst den Hafen und dann den Rhein überquerte.

Sie selbst standen, von dichtem Gebüsch verborgen, hinter dem Zaun einer heruntergekommenen Schreberlaube, die direkt an den Gleisen der Hafenbahn lag. Rechts von ihnen war eine lange Reihe Tankwaggons abgestellt. Links von ihnen war die Brücke, unter der Verena Radek wartete.

Sie lehnte an ihrem Wagen, in dem sie schon vor mehr

als zehn Minuten gekommen war. Fast eine Viertelstunde zu früh. Sie hatte neben den Bahngleisen geparkt, die hier die Brücke unterquerten. Hin und wieder rollte eine kleine Diesellok vorbei, die Waggons in den Hafen rangierte oder wieder hinaus.

Freddy beobachtete missmutig, wie die Scharfschützen des SEK ihre Positionen bezogen. Wenn er nicht gewusst hätte, dass sie da waren, hätte er sie nicht bemerkt. Er entdeckte einen hinter dem Kamin auf dem Dach einer alten Lagerhalle, zwei im Gebüsch gegenüber, zwei weitere verbargen sich oben auf der Brücke hinter Efeu und Gebüsch, das auf dem alten Backsteingemäuer wucherte. Die Männer trugen Sturmmasken unter ihren schwarzen Helmen, als zögen sie in den Krieg.

»Was guckst ‘n so?«, fragte Ballauf. »Passt dir irgendwas nicht?«

Freddy verzog den Mund. »Was soll das denn werden?«, brummte er. »Eine Festnahme oder ein Massaker?«

Ballauf fuhr zu ihm herum. »Sag mal, spinnst du jetzt?«, zischte er. »Manchmal glaub ich, du bist gar nicht mehr fähig zu arbeiten. Den Täter, den wir jagen, hältst du für das Opfer. Also wirklich …«

Freddy verschränkte die Arme vor der Brust. »Ja, komisch, ne?«, sagte er ironisch.

»Ja, *wirklich* komisch«, antwortete Ballauf ungehalten. »Jetzt reiß dich mal ‘n bisschen am Riemen! … Mann, eh …«

Sie gingen um die Laube herum. Vorsichtig tasteten sie sich zwischen den Büschen nach vorn, um Verena Radeks Standort beobachten zu können. Sie stand unverändert neben ihrem Wagen. Plötzlich näherte sich das Geräusch eines Zweitaktmotors von der anderen Seite der Brücke.

Eine Motocrossmaschine kam um die Ecke und näherte sich langsam. Etwa fünfzig Meter entfernt hielt der Fahrer mit laufendem Motor im Schatten der Brücke an. Er trug einen Helm, aus dieser Entfernung war es nicht möglich, ihn zu erkennen.

Der Fahrer sah sich prüfend um, bevor er langsam auf Verena Radek zufuhr. Erst als er aus dem Schatten kam und die Sonne auf sein Gesicht fiel, gab es keinen Zweifel mehr. Es war Lochte.

Er hatte nur Augen für Verena Radek. Er lächelte.

Freddy hörte plötzlich ein metallisches Quietschen aus der anderen Richtung und sah die Rangierlok von dorther drei Tankwagen auf sie zuschieben.

Lochte hielt neben Verena Radek an. Er strahlte sie an und griff eben an den Helm, um ihn abzuziehen, als über ihnen aus dem wilden Grün oben auf der Brücke ein überraschendes Geräusch drang. Mit erschrecktem Geflatter stiegen dort zwei Fasane aus den Büschen auf.

Lochte und Radek sahen hoch und entdeckten im selben Moment die beiden SEK-Männer dort oben.

»Ronny, hau ab!«, schrie Verena Radek, aber Lochte hätte diese Aufforderung nicht gebraucht. Er hatte den Gashahn bereits aufgerissen. Die Maschine beschleunigte heulend, das Vorderrad hob sich vom Boden.

»Zugriff, Zugriff!«, schrie Ballauf in sein Funkgerät. Von hinter der Brücke kamen ein weißer Opel und ein Streifenwagen herangeschossen. Sie rasten auf Verena Radek zu, die mitten auf dem Weg stand. Und dort blieb sie eisern stehen und zwang die Wagen zu einem wilden Bremsmanöver.

Aus dem Gebüsch gegenüber kamen die Scharfschützen hervorgebrochen, doch in diesem Moment schoben sich die Tankwagen zwischen sie und Lochte.

»Scheiße!«, brüllte Ballauf.

Lochte preschte mit dem Motorrad an ihnen vorbei. Freddy riss seine Magnum heraus und zielte auf ihn. Die Maschine schoss auf einen Haufen aus Schrott, alten Holzbohlen und Autoreifen zu. Lochte riss das Vorderrad hoch und gab Gas. Tatsächlich schaffte er es, mit der Maschine über den Haufen weg. Meterweit flog das Motorrad durch die Luft, bevor es schlingernd auf einem Stück ungemähter Wiese landete. Lochte schaffte es, die Balance zu halten, und steuerte auf eine Lücke im Gebüsch am Rande der Brückenböschung zu.

Seit etlichen Sekunden zielte Freddy über Kimme und Korn seines Revolvers hinweg auf Lochtes Rücken. Als die Maschine zwischen den Bäumen und Sträuchern verschwand, ließ er die Waffe sinken.

»Warum haste denn nicht geschossen?«, schrie Ballauf ihn an.

»In den Rücken, oder was?«, brüllte Freddy nicht minder laut zurück. Wütend rammte er die Magnum wieder ins Holster. »Mensch, jetzt reicht's mir aber mit deinem Scheiß!« Mit hochrotem Kopf wandte er sich ab und stapfte in Richtung Brücke davon. »Mann, Scheiße!«, schrie er noch einmal, ohne sich umzudrehen.

Verena Radek kam ihm entgegen. Ohne ihn zu beachten, stürmte sie an ihm vorbei auf Ballauf zu. Zorn funkelte in ihrem Blick.

»Okay, Herr Ballauf«, sagte sie, nur mühsam beherrscht. »Sie haben mich reingelegt. Wenn Sie noch was von mir wollen, dann laden Sie mich vor. Aber da bring ich meinen Anwalt mit.« Ihr behandschuhter Zeigefinger stach vor, als würde sie ihn Ballauf am liebsten ins Auge rammen. »Arschloch!«, fauchte sie, dann drehte sie sich um, stieg in ihren Wagen und brauste davon.

Ballauf sah ihr mit zusammengepressten Lippen hinterher.

Ihr Hass schmerzte ihn. Aber er war nicht sein wichtigstes Problem. Er würde von Prinz einiges erklären müssen.

***

Verena schreckte hoch. Das Telefon auf ihrem Nachttisch schrillte und hatte sie aus einem unguten Traum geweckt. Ihr Nachthemd war verschwitzt, sie rang nach Atem. Ein paar Sekunden benötigte sie, um ihre Gedanken halbwegs unter Kontrolle zu bringen, dann nahm sie den Hörer ab.

»Ja?«, meldete sie sich. Sie wusste nicht, ob sie sich freute oder Angst verspürte, als sie Ronnys Stimme am anderen Ende hörte.

»Was war los, verdammt?«, fragte er wütend.

»Die haben mich geleimt«, sagte sie. »Wie hast du die Nachricht gekriegt?«

»Durch deine SMS. Das weißt du doch!« Er war schlecht zu verstehen, es klang, als ob direkt neben ihm ein Zug führe.

»Ich hab dir keine geschickt …« Ihre Gedanken rasten. Wie konnte das sein? »Die haben irgendwas mit meinem Handy gemacht. Glaub mir bitte. Wo bist du?«

»Ich mach Schluss«, hörte sie ihn sagen, und es klang endgültig. »Telefonieren ist gefährlich. Und du auch.«

»Du denkst doch nicht im Ernst, dass ich …«, stieß sie hervor, aber die Leitung war tot. »Ronny?«, fragte sie unsicher in den Hörer, aber sie erhielt keine Antwort.

***

Freddy starrte finster in sein Kölsch. Es war schon das dritte, und eigentlich durfte er schon gar nicht mehr Auto fahren. Aber er war so sauer, dass ihm das tatsächlich egal war.

Er lehnte an einem der Stehtische unter den Heizpilzen der »Wurstbraterei«. Er war der einzige Gast. Am anderen Ufer leuchtete der Dom in der abendlichen Dunkelheit. Freddy sah nicht hin.

Er, Freddy Schenk, hatte Lochte das Leben versaut, und nun erwartete Ballauf ernsthaft von ihm, dass er den Mann hinterrücks über den Haufen knallte.

Gut, Lochte hatte getötet, mehrfach, aber weder vorsätzlich noch heimtückisch. Er war geflohen, weil ihm Gerechtigkeit verweigert wurde. Aber Kollege Ballauf beurteilte ihn wie irgendeinen notorischen Gewaltverbrecher.

Und warum?

Weil er *eifersüchtig* war! Eifersüchtig, weil Lochte eine scharfe Kunstlehrerin hatte, die sich für den Gockel Ballauf nicht interessierte.

Mit einer wütenden Bewegung kippte er den kleinen Rest Kölsch aus seinem Glas auf den Boden und brachte das leere Glas zur Theke des Imbisswagens. Er knallte es auf die Theke und warf einen Fünfeuroschein daneben.

»Na, hat dein Kumpel heute frei?«, fragte Arno, der Besitzer, und legte das Geld in die Kasse.

»Kumpel? Was für 'n Kumpel?«, antwortete Freddy patzig. »Nacht«, sagte er noch, dann ging er zu seinem Wagen.

»Nacht«, sagte Arno. Es klang beleidigt. Freddy war es egal. Er wusste gar nicht, warum er hergekommen war. Gegessen hatte er nichts, und seine Laune war kein bisschen besser als vor den drei Kölsch. Er war müde und aufs Schwerste genervt.

Nach Hause, dachte er. Noch ‘n bisschen glotzen, dann ins Bett. Morgen sieht die Welt vielleicht anders aus.

In seine Gedanken vertieft schloss er die Fahrertür des Mustangs auf und stieg ein. Als er zur Seite sah, blickte er in den Lauf von Lochtes Revolver.

»Wenn du den Helden spielst, bist du tot«, sagte Lochte.

Freddy schloss müde die Augen. Auch das noch, dachte er. Einen besseren Zeitpunkt hätte der Kerl wirklich kaum finden können, um ihm auf den Sack zu gehen.

Lochte tastete Freddys Schulterhöhlen ab.

»Keine Knarre?«, fragte er misstrauisch.

»Liegt im Büro«, antwortete Freddy. »Ich hab nämlich Feierabend.«

Lochtes Linke tastete weiter über seine Taschen, während die Rechte den Revolver hielt, der genau zwischen Freddys Augen zielte. Er nahm ihm das Handy ab und die Handschellen, die er in der Seitentasche des Mantels entdeckte.

»Tür zu«, kommandierte er.

Freddy gehorchte und schloss die Fahrertür. Lochte fesselte seine rechte Hand ans Lenkrad.

»Fahr los«, sagte er, ohne die Waffe zu senken.

Freddy nickte gehorsam. Er drehte den Schlüssel im frisch reparierten Zündschloss und steuerte den Wagen zur Ausfahrt auf die Siegburger Straße.

Lochte lotste ihn mit Bewegungen des Revolverlaufes in Richtung Süden, nach Poll, dann kreuz und quer auf eine unbelebte Straße am Rand des Verschiebebahnhofs in Gremberghoven.

»Anhalten«, kommandierte Lochte.

Freddy hielt den Wagen an, und Lochte löste die Handschelle vom Lenkrad.

»Raus!«

Freddy stieg aus. Er stand direkt neben einer schmalen Betontreppe, die auf den Bahndamm hochführte.

»Dienstweg«, stand auf einem Schild. »Betreten verboten«.

Schön wär's, dachte Freddy. Er sah sich schnell um, aber zwischen den Lagerhallen und Fabrikgebäuden entlang der Straße war kein Mensch in Sicht. Hier war um diese Zeit niemand, von dem er sich Hilfe erhoffen konnte. Nur eine Katze lief über die Straße, aber selbst sie beachtete ihn nicht.

Lochtes Waffe zielte unbeirrt auf seinen Kopf.

»Handschellen zu«, sagte er.

Freddy tat, was er verlangte, und schloss die offene Schelle um sein linkes Handgelenk.

»Was hast du vor?«, fragte er.

»Da, die Treppe hoch«, sagte Lochte statt einer Antwort.

Freddy stieg wie verlangt die schmalen Stufen empor, Lochte blieb dicht hinter ihm.

»Im Knast lernt man 'ne Menge verrückter Leute kennen«, sagte Lochte leichthin, als erzähle er irgendwem irgendeine Geschichte. »Einer hat drei Mal versucht, sich umzubringen. Aber es ist ihm nie gelungen. Zuerst hat er's mit Aufhängen versucht, dann mit 'nem Messer, und dann hat er dieses ›Rohrfrei‹ geschluckt. Haste auch davon gehört?«

Sie hatten das Ende der Treppe erreicht. Oben verliefen knapp ein Dutzend Gleise. Dahinter stand ein Stellwerk. Freddy sah zu den schwach beleuchteten Panoramascheiben im zweiten Stock hoch, aber dort war niemand zu sehen. Lochte schubste ihn nach rechts, und er stolperte an den Gleisen entlang.

»In Belgien, da hat einer Frauen geschlachtet«, erzählte Lochte weiter. »Und die Leichenteile dann mit diesem ›Rohrfrei‹ aufgelöst. In seiner Badewanne. Bis alles durch den Ausfluss lief ... Da lang.«

Freddy fühlte den Lauf der Waffe im Rücken und überquerte gehorsam die Gleise.

»Also, der Typ aus dem Knast dachte, ›Rohrfrei‹, das bringt's. Aber es war wieder nix. Weißte, warum? Die hatten inzwischen die Mischung geändert. Das Zeug wirkt einfach gar nicht mehr so wie früher. Oder so wie in Belgien, keine Ahnung. Er hat sich das Maul und die Innereien verätzt. Aber er hat's überlebt. Jetzt verträgt er nichts Scharfes mehr.«

Freddy blieb stehen und drehte sich um.

»Der Typ im Knast – das warst du, was?«

»Weiter«, antwortete Lochte nur.

Freddy stolperte wieder los. Die Strecke kam ihm in der Dunkelheit endlos vor. Einmal fuhr eine Diesellok an ihnen vorbei, keine zwanzig Meter entfernt, aber der Fahrer bemerkte sie nicht.

»Stopp. Umdrehen«, kommandierte Lochte endlich.

Freddy sah ihn an.

»Der Kerl hat unschuldig gesessen«, sagte Lochte. »Wegen dir. Und jetzt wirst du dafür bezahlen.«

Er hob die Waffe und drückte sie Freddy an die Stirn. Dann spannte er den Hahn.

NEUN

Als Freddy wach wurde, hatte er keine Ahnung, wo er war. Streng genommen wusste er nicht einmal, *wer* er war. Vorsichtshalber ließ er die Augen geschlossen. Ein riesiger Schmerz pochte in seiner Schläfe, und es dauerte eine Weile, bis er sich erinnerte, dass der von dem Hieb stammte, den Lochte ihm mit dem Kolben seiner Waffe versetzt hatte.

Er rang sich dazu durch, die Augen zu öffnen, auch wenn das wahrscheinlich zu weiteren unangenehmen Erkenntnissen führen würde.

Er hatte sich nicht geirrt. Ihm wurde klar, warum er so unbequem lag. Er lag auf Schotter. Schotter, der ein Gleisbett bildete. Er lag zwischen zwei Gleisen.

Quer.

Als er versuchte, das zu ändern, musste er feststellen, dass das nicht ohne Weiteres möglich war. Genau genommen war es *gar nicht* möglich. Seine Hände und sein Oberkörper waren mit einer soliden Kette an das eine Gleis gefesselt, seine Füße an das andere – womit, konnte er nicht sehen, rühren konnte er sie jedenfalls nicht.

Der naheliegende Versuch, um Hilfe zu rufen, scheiterte ebenfalls. Als er versuchte, den Mund zu öffnen, stellte er fest, dass dieser zugeklebt war.

Lochte, du Arsch, dachte er. Was soll der Scheiß? Das ist doch finsterster Edgar-Wallace-Kitsch.

Er zerrte an der Kette herum, aber außer Schmerzen in Hand- und Fußgelenken brachte das nichts ein. Direkt vor seiner Nase baumelte das schwere Vorhängeschloss, mit dem die Eisenkette verschlossen war. Er versuchte, wenigstens den Kopf von dem Gleis wegzukriegen, aber mehr als ein paar Zentimeter Bewegungsfreiheit hatte Lochte ihm nicht gelassen.

Er fluchte innerlich, aber nur, weil es äußerlich nicht ging. Er versuchte, sich zu beruhigen und klaren Kopfes über eine Lösung nachzudenken. Fast gelang es ihm auch, scheiterte aber letztlich daran, dass in einiger Entfernung vor ihm drei Lichter in der Dunkelheit auftauchten. Zwei unten, eines oben, bildeten sie ein leicht spitzes Dreieck.

Und sie kamen auf ihn zu.

Langsam, aber doch unleugbar. Das Gleis unter seinem Kopf begann zu vibrieren. Nun kam aus Richtung der Lichter das lauter werdende Dröhnen eines schweren Dieselmotors dazu und das schrille Quietschen von Metall auf Metall.

Die Lok fuhr nicht schnell. Fast gemächlich kam sie auf ihn zugerollt. Es waren gemächliche und absolut unbeirrbare hundert Tonnen Stahl, die sich auf ihn zubewegten.

Freddy fühlte Panik in sich aufsteigen. Wie irre riss er an der Kette. Das Klebeband über seinem Mund blähte sich abwechselnd nach innen und nach außen während seiner hilflosen Versuche, um Hilfe zu schreien.

Die Lok näherte sich und schien dabei zu beschleunigen, wie um die Endgültigkeit ihrer Erscheinung zu betonen. Aus Freddys Perspektive war sie noch riesenhafter, als sie ohnehin schon war, immer höher wurde der Metallklotz, während er auf ihn zurollte. Als er sein gesamtes Blickfeld einnahm, kniff Freddy die Augen zusammen.

Das Getöse aus Motor, metallischem Kreischen und dem wilden Vibrieren des Gleises wurde unerträglich.

Und dann wurde es langsam wieder leiser.

Ungläubig öffnete Freddy die Augen wieder. Drei Meter entfernt rollte der Zug über das Nebengleis, auf das er an einer Weiche, keine fünfzehn Meter von Freddy, entfernt geleitet worden war.

Er fühlte Erbrochenes im Mund, und es blieb ihm nichts, als es wieder herunterzuschlucken. Seine Hose fühlte sich nass an. Seine Gelenke waren zerschunden. Der Schotter hatte seine Kleider zerrissen. Jeder Knochen tat ihm weh.

Es war ihm egal.

***

Ballauf hatte nicht gut geträumt, trotzdem war er sauer, als das Handy auf seinem Nachttisch schellte. Nicht einmal halb wach tastete er nach dem Gerät.

»Och nee«, stöhnte er nach einem Blick auf das Display in sein Kissen, bevor er sich meldete. »Freddy, ich dreh dir den Hals um«, sagte er heiser.

»Nicht nötig«, antwortete eine Stimme am anderen Ende, und Ballauf war schlagartig hellwach. Er richtete sich auf.

»Sie wissen, wer ich bin?«, fragte die Stimme.

»Lochte ...?«, antwortete Ballauf. »Wo ist mein Kollege? Was haben Sie mit ihm gemacht?«

Die Stimme lachte leise. »Ich sag Ihnen jetzt, wo Sie ihn finden.«

***

Als Ballauf ankam, standen bereits ein Rettungswagen, ein Einsatzwagen der Feuerwehr und mehrere Streifenwagen mit rotierenden Blaulichtern auf der Straße in dem Industriegebiet.

Er lief die schmale Betontreppe hoch und sah sich suchend um. Ein gutes Stück entfernt sah er eine Gruppe Menschen stehen. Zwei Feuerwehrmänner hockten neben den Gleisen und flexten etwas auf. Funken stoben durch die Morgendämmerung.

Auf halbem Wege kam ihm der Notarzt entgegen.

»Wie geht's ihm?«, fragte Ballauf.

»Er ist unterkühlt und steht unter Schock«, sagte der Arzt und eilte an ihm vorbei. Es klang halbwegs beruhigend, aber auch nicht mehr.

Ballauf ging eilig weiter. Die Feuerwehrmänner hatten die Ketten durchtrennt und hievten Freddy gerade gemeinsam mit den Sanitätern auf eine Trage.

Einer der Sanitäter deckte ihn mit einer Wolldecke zu.

Freddy war aschgrau im Gesicht. Seine Augen lagen tief in den Höhlen. Er verzog keine Miene, als Ballauf in sein Blickfeld trat.

»Sag *ja* nichts!«, murmelte er nur tonlos.

»Tu ich ja nicht«, antwortete Ballauf und trat an die Trage heran. Ein unangenehmer Geruch stach ihm in die Nase, und er machte ein paar Schritte zurück.

»Sag mal, soll ich nicht besser deine Frau anrufen?«, fragte er. »Die denkt doch was weiß ich.«

Freddy sah nicht so aus, als habe er sich darüber schon Gedanken gemacht.

»Was soll die denn denken?«, nuschelte er.

»Na, was Frauen so denken«, sagte Ballauf. »Dass du dich die ganze Nacht rumgetrieben hast.«

Freddy schien ernsthaft über das Gehörte nachzudenken.

Die Sanitäter und einer der Feuerwehrmänner hoben

die Trage an und gingen mit ihm in Richtung der Treppe. Ballauf sah ihnen nach.

»Ruf noch nicht an«, rief Freddy ihm plötzlich über die Schulter zu. »Hörst du? Warte noch 'n bisschen.«

Ballauf grinste leicht. Den Humor hatte Lochte Freddy jedenfalls nicht ganz austreiben können.

Er sah zu den Feuerwehrmännern, die die Reste der Ketten von den Gleisen entfernten. Keine zwanzig Meter hinter ihnen stand ein Prellbock.

Das Gleis endete dort.

***

»Dieser Lochte wird langsam zum Phantom«, sagte Franziska. »Mir ist der unheimlich.« Sie sah Ballauf fragend an. Er nickte, und sie schenkte auch ihm Kaffee ein, nachdem sie ihren eigenen Becher gefüllt hatte.

»Das war 'n Revanchefoul«, sagte Ballauf.

»Ein Foul?« Franziska sah ihn ungläubig an. »Ein Mordversuch war das!«

»Nein.« Ballauf schüttelte langsam den Kopf. »Das war ein totes Gleis, auf das er Freddy gelegt hat. Der wollte ihn nicht umbringen. Nur richtig schön büßen lassen.«

»Na, krieg ich auch 'n Kaffee?«, fragte Freddy von der Tür her.

Sie sahen überrascht auf. Franziska fing sich als Erste.

»Klar«, sagte sie und drückte ihm ihren Becher in die Hand.

»Danke«, sagte Freddy und lächelte ihr zu.

Er war immer noch grau im Gesicht und wirkte ganz und gar nicht auf der Höhe. Viel mehr als eine ausgiebige heiße Dusche konnte er sich nicht gegönnt haben, um wieder dienstfähig zu werden.

»Sag mal, Freddy …«, Ballauf grinste halb, aber auf seiner Stirn stand eine steile Falte, »wärst du heute nicht besser noch im Krankenhaus geblieben?«

Freddy nahm einen Schluck Kaffee.

»Ich hab 'ne Idee, Max«, sagte er dann, und ein böses Grinsen erschien in seinem Gesicht. »Ich hatte ja gestern Nacht viel Zeit zum Nachdenken. Jetzt pack ich ihn am Arsch.«

***

Freddy fand Verena Radek auf dem Flur des dritten Stockwerks der Kunstschule. Sie war dabei, gemeinsam mit ihren Schülern die Wände mit deren künstlerischen Erzeugnissen zu schmücken. Gerade diskutierte sie mit einer Dame, die ein gutes Stück älter war als sie selbst, welche Entfernung zum Nachbarbild für eine – nach Freddys Meinung recht grobschlächtige – Aktzeichnung angemessen wäre.

Freddy wartete höflich das Ende der Debatte ab, bevor er sie ansprach.

»Frau Radek?«, sagte er leise, bemüht, kein Aufsehen unter den Schülern zu erregen.

Der Blick, mit dem sie ihn musterte, war feindselig, aber er lächelte sie mit ernstem Blick an. »Ich muss Sie bitten, mit mir zu kommen.«

Sein Ton zeigte ihr, dass es nicht um eine Festnahme oder ein Verhör ging, und das besorgte sie sichtlich.

»Weshalb? Worum geht's denn?«, fragte sie. Ihr Blick flatterte.

»Um Ronald Lochte«, antwortete Freddy mit einem Blick, der um Entschuldigung bat. »Tut mir leid, aber wir brauchen Sie … Es geht um eine Identifizierung.«

Ihre Mundwinkel zitterten. Sie nickte nur, dann ging sie eilig ihren Mantel holen.

***

Dr. Roth erwartete sie in seinem Büro. Er begrüßte Verena Radek mit seinem typisch traurigen Dackelblick, und sein Schnäuzer passte sich mit den müde hängenden Spitzen der düsteren Stimmung der grün gekachelten Rechtsmedizin an.

Roth bat sie mit einer höflichen Geste, sich zwei der grünen Kittel überzuziehen, die an seiner Garderobe hingen und die hier offenbar jeder trug.

»Die Handtasche können Sie hierlassen«, brummte er in seinem melancholischen Bariton, dann bat er sie aus der Tür und ging vor ihnen her durch die langen Gänge.

»Ich muss Sie darauf vorbereiten …«, sagte er zögernd zu Verena Radek, »das ist kein schöner Anblick.«

Er hielt ihnen die Tür zu einem der Obduktionssäle auf und wies auf einen Tisch, auf dem, von grünem Tuch verborgen, ein Körper lag.

Verena Radek kaute auf ihrer Unterlippe, aber als Roth sie fragend ansah, nickte sie entschlossen. Roth hob das Tuch an.

Sie fuhr erschrocken zurück. Entsetzt starrte sie auf die nackte Leiche. »Kein schöner Anblick« war wirklich eine zurückhaltende Formulierung gewesen.

Der Torso des Toten war knapp unterhalb des Brustkorbs vom Unterleib abgetrennt, der rechte Arm lag lose daneben, beide Beine wiesen mehrere offene Brüche auf.

Der schlimmste Anblick aber war das Gesicht. Es war faktisch nicht mehr vorhanden, eine amorphe rote Masse, als wäre mit einem Vorschlaghammer darauf eingeschlagen worden.

Verena Radek rang nach Atem, aber nach ein paar Sekunden fing sie sich wieder.

»Offenbar ist er über die Schienen gelaufen«, sagte Freddy. »Er hat den ersten Zug vorbeifahren lassen und den aus der Gegenrichtung nicht bemerkt.«

Sie starrte auf den Toten. Freddy ließ sie nicht aus den Augen. Er sah es hinter ihrer Stirn arbeiten und wie sie sich mühsam zusammenriss, als sie die Gelegenheit erkannte, die das Schicksal da so unverhofft vor sie hingelegt hatte.

»Ja«, sagte sie gepresst. »Das ist Ronny.«

Freddy nickte zufrieden, und Roth zog das Tuch wieder über den Toten.

Verena Radek starrte noch ein paar Sekunden das Tuch an, dann drehte sie sich um und ging mit unsicheren Schritten zur Tür.

Freddy geleitete sie zurück zu Roths Büro, wo sie die Kittel wieder gegen ihre Mäntel tauschten.

»Kann ich Sie nach Hause bringen?«, fragte Freddy freundlich.

Sie schüttelte abwehrend den Kopf. »Nein, ich will allein sein. Danke.«

Sie griff nach ihrer Handtasche, und sie gingen gemeinsam zum Aufzug.

»Ach, Herr Kommissar …«, sagte sie zögernd. »Das klingt vielleicht seltsam jetzt, aber …«

Der Aufzug kam, und Freddy öffnete ihr die Tür. Sie dankte mit einem kleinen Lächeln.

»Die Ermittlungen gegen ihn …«, fuhr sie fort, »werden die Akten jetzt geschlossen?«

Freddy sah sie erstaunt an. »Ja sicher«, antwortete er

in einem Ton, als frage sie nach etwas völlig Selbstverständlichem. »Tote kann man schließlich nicht anklagen.«

Sie lächelte entschuldigend. »Natürlich nicht. Verzeihen Sie, aber ich bin ganz durcheinander.«

»Ist doch klar, in Ihrer Situation«, sagte Freddy nachsichtig. »Auf Wiedersehen, Frau Radek.«

»Auf Wiedersehen«, sagte sie, dann schloss sich die Aufzugstür, und sie war fort.

Ballauf kam aus der Richtung von Roths Büro den Gang herunter.

»Sag mal, der Tote eben ...?«, fragte er.

»Moped gegen Lkw«, antwortete Freddy ungerührt. »Und der Peilsender?«

»Steckt im Schminkmäppchen.«

Freddy nickte zufrieden. »Du weißt eben am besten, was Frauen immer dabeihaben.«

»Genau«, sagte Ballauf.

Er grinste Freddy an, und Freddy grinste zurück.

***

Lochte saß auf einem Mauervorsprung zu Füßen des Doms und starrte das Display des Handys an. »Drei Textnachrichten«, stand da, »zwei neue Nachrichten auf der Mailbox«. Er rief die Textnachrichten ab. Alle waren von Verena.

»Melde dich! Dringend! Alles wird gut!«

Das war mehr oder weniger der Inhalt aller drei Nachrichten. Er rief die Mailbox an, und Verenas Stimme erzählte ihm noch zweimal das Gleiche.

Er schaltete das Handy ab und sah sich um. Es war ihm wie eine gute Idee vorgekommen, sich hier in den

Touristenmassen vor dem Dom zu verstecken, aber tatsächlich fühlte er sich wie auf dem Präsentierteller.

Er stand auf, überquerte die Domplatte und lief die breite Treppe zum Hauptbahnhof hinab. Er betrat die große Halle mit zielstrebigem Schritt, wie ein Mann, der seinen Zug kriegen will. Er ging weiter in den Bahnhof hinein und versuchte nachzudenken.

Hatte Verena versucht, ihn reinzulegen, oder hatten wirklich die Bullen *sie* reingelegt?

Zuzutrauen war es Schenk auf jeden Fall. Für einen Moment überkam ihn Ärger, dass er ihn nicht einfach umgelegt hatte, aber er rief sich zur Ordnung.

Du bist kein Mörder, sagte er sich. Du darfst kein Mörder sein. Annikas Vater darf kein Mörder sein.

Er hustete, um die Kehle freizukriegen, in der sich ein beklemmender Druck aufgebaut hatte. Es half nichts, allein würde er nicht weit kommen, und außer Verena gab es keinen Menschen, der ihm helfen konnte. Er musste ihr vertrauen, auch wenn es ihm schwerfiel.

Er bog von dem breiten Gang ab, der zu den Gleisen führte, und betrat einen der Verbindungsgänge. Hier fand er eine Reihe von Telefonzellen. Eine war sogar frei. Er warf ein Fünfzigcentstück ein, dann schloss er die Augen und atmete ein paarmal tief durch, bevor er Verenas Nummer eintippte.

Sie meldete sich sofort.

»Ronny!«, rief sie in den Hörer. »Endlich!« Sie klang so erleichtert und befreit, wie er sie noch nie gehört hatte.

»Was gibt's?«, fragte er misstrauisch.

»Ronny, alles wird gut. Du brauchst dir keine Sorgen mehr zu machen. Du wirst nicht mehr gesucht.«

»Was? Wieso nicht?«

»Für die Behörden bist du tot!« Sie jauchzte fast. »Das

ist ein Wunder, Ronny! Du hast wieder eine Chance! Eine echte Chance!«

Lochte runzelte die Stirn, er verstand, was sie sagte, aber er erfasste nicht die Bedeutung.

»Ich hab eine Leiche identifiziert, heute Morgen. Die glauben, das bist *du*.«

»Ja, aber wieso denn?«, fragte er.

»Man hat überhaupt nichts mehr erkannt. Es war schrecklich. Deswegen haben sie *mich* ja geholt.«

»Und wieso glauben die Bullen, dass ich das bin?«

»Den Typ hat's auf den Gleisen erwischt. Beim Güterbahnhof. Ronny, weißt du, was das bedeutet?«

Langsam erschloss sich ihm, was sie meinte. Wenn das alles stimmte … Er schloss die Augen.

»Du wirst nicht mehr gesucht«, rief Verena und lachte. »Wir können uns sehen!«

Lochte nickte stumm, aber immer noch brannte eine Warnlampe in seinem Hinterkopf.

»Du hast mir mal von einem Ort erzählt, an dem du dich immer sehr wohlfühlst«, sagte er.

»Was meinst du?«, fragte sie. »Ich versteh nicht …«

»Du warst früher mit deinen Eltern da, und manchmal fährst du immer noch dorthin, um dich zu belohnen.«

»Oh, ach so, du meinst –«

»Sag es nicht«, unterbrach er sie. »Fahr dorthin. In drei Stunden. Ich werde da sein.«

Er legte auf und ging zum Ausgang des Bahnhofs. Als er am Zeitschriftenstand vorbeikam, fiel sein Blick auf den Stapel »Express«, der direkt am Eingang lag.

»Flüchtiger« war alles, was er von der Schlagzeile lesen konnte. Er griff nach der obersten Zeitung und faltete sie auseinander.

»Flüchtiger Gangster von Zug überrollt«, las er. Daneben war das Fahndungsfoto abgedruckt.

Mit einem kleinen Lächeln faltete er die Zeitung sauber wieder zusammen und legte sie zurück auf den Stapel.

Dann trat er aus dem Bahnhof hinaus.

Er war frei.

ZEHN

»... In drei Stunden. Ich werde da sein.«

Freddy schaltete das Abspielgerät ab.

»Siehste«, sagte Ballauf und lehnte sich mit selbstzufriedenem Grinsen in seinem Stuhl zurück. »Hab ich ja gesagt: Doppelt genäht hält besser.«

»Ja, ja«, sagte Freddy leicht genervt.

»Was heißt hier ›ja, ja‹«, sagte Ballauf. »Ohne den Peilsender müssten wir sie beschatten. Und das geht doch regelmäßig in die Hose!«

Freddy trat hinter seinen Stuhl und schlug Ballauf anerkennend auf die Schulter. »Hast du ganz großartig gemacht«, sagte er ernst.

Ballauf verdrehte den Kopf und warf ihm einen misstrauischen Blick zu.

»Doch, doch«, sagte Freddy mit einem Lächeln. »Aber ich beschatte sie lieber trotzdem. Doppelt genäht hält besser.«

Ballauf zuckte die Achseln.

***

Freddy hatte nicht allzu lange warten müssen. Eine halbe Stunde nachdem er in seinem Wagen Posten vor Verena Radeks Haus bezogen hatte, war sie herausgekommen und in ihren Golf gestiegen. Er folgte ihr gemächlich die Niehler Straße hinunter, dann links auf die Innere Kanalstraße, dann rechts auf die Rheinuferstraße in Richtung Süden.

Er brauchte nicht zu dicht an ihr dranzubleiben, auf

seinem Beifahrersitz lag ein GPS-Empfänger, der die Position des Peilsenders anzeigte. Ballauf saß in der Zentrale und hielt ihn über Funk auf dem Laufenden.

Sie fuhr am Bonner Verteiler auf die A 555, dann über die A 565 zur A 61 und weiter in Richtung Süden. Bei Ahrweiler verließ sie die Autobahn und folgte erst der Bundesstraße, dann ging es weiter über immer kleinere Straßen und durch immer kleiner werdende Dörfer.

Als sie auf den Parkplatz eines kleinen Supermarktes abbog, fuhr Freddy vorbei und hielt fünfzig Meter weiter am Straßenrand. Im Rückspiegel beobachtete er, wie sie ausstieg und den Laden betrat.

Geduldig wartete er, bis sie nach knapp zehn Minuten wieder herauskam, in den Golf stieg und weiterfuhr.

Weiter ging es über Land, und er mühte sich, die richtige Distanz zu ihrem Wagen zu halten: nicht zu nah, um nicht aufzufallen, nah genug, um sie nicht zu verlieren. Aber plötzlich, hinter einer Kurve, mitten im Wald, zwischen zwei Ortschaften, war der Golf verschwunden.

Freddy hielt an und sah auf den GPS-Empfänger. Das Signal bewegte sich rechts von der Straße, wo auf der Karte gar kein Weg eingezeichnet war. Er fuhr ein Stück weiter und entdeckte einen schmalen geteerten Waldweg.

»Landhotel Waldeck«, las Freddy auf einem Schild an der Einfahrt.

Er parkte den Mustang unauffällig im Unterholz und stieg aus. Das Funkgerät nahm er mit. Nachdem er dem Weg etwa hundert Meter gefolgt war, entdeckte er ein Gebäude, dessen Mauern zwischen den Bäumen im Sonnenlicht schimmerten. Er schlug sich ins Gebüsch und näherte sich so dem Eingang des Hotels. Verena Radeks Golf parkte direkt vor der Tür neben einem grünen Lieferwagen, aus dem ein Mann gerade einen Stapel Pakete auf eine Sackkarre lud. Sie selber war nicht mehr zu sehen, höchstwahrscheinlich war sie schon im Hotel.

Freddy suchte sich ein halbwegs bequemes Versteck im Unterholz, von dem aus er den Eingang beobachten konnte, und griff zum Funkgerät.

»Max, sie ist im Landhotel Waldeck. Check mal, ob sie da ein Zimmer reserviert hat. Komm her und bring die ganze Mannschaft mit. Ende.«

»Alles klar«, antwortete Ballaufs Stimme aus dem Gerät. »Bis gleich.«

Freddy sah sich um. Lochte gedachte seine neu gewonnene Freiheit offensichtlich in nobler Umgebung zu feiern. Das Hotel war ein alter, schlossartiger Bau aus rotem Sandstein und wirkte alles andere als billig. Es war umgeben von einem dicht bewachsenen Park, was Freddy sehr entgegenkam, da es ein Leichtes war, hier ungesehen zu bleiben und dabei Eingang und Zufahrt im Auge zu behalten.

Ein Gärtner kam aus einer Nebentür des Gebäudes und begann, Laub von den Wegen zu kehren. Der Mann aus dem Lieferwagen kam mit der leeren Sackkarre wieder aus dem Hotel. Er winkte grüßend dem Gärtner zu, stellte die Karre zurück in den Laderaum und fuhr davon. Als der Lieferwagen verschwand, gab er den Blick auf Lochte frei, der dahintergestanden hatte.

Er hatte den Kragen seiner Jacke hochgeschlagen und sah sich misstrauisch um. Freddy duckte sich in seinem Versteck. Lochte entdeckte ihn nicht. Er ging zum Eingang und betrat das Hotel.

Freddy nickte zufrieden. Wenn Ballauf mit dem SEK hier war, brauchten sie ihn nur noch einzusammeln.

Die Glastür des Eingangs schloss sich geräuschlos hinter ihm. Unwillkürlich stockte sein Schritt. In so einem Hotel war er noch nie gewesen.

Es hatte von außen schon einschüchternd auf ihn gewirkt, aber das Innere setzte noch einen drauf. Das großzügige Treppenhaus des Schlosses bildete die Eingangshalle des Hotels. Überall war Marmor und Messing. Livrierte Bedienstete eilten leise durch den großen, drei Stockwerke hohen Raum. Der Empfangschef stand hinter einem beeindruckenden Tresen, der selbstverständlich aus Marmor war, und sah ihm freundlich entgegen. Aber Lochte hatte nur Augen für Verena.

Sie saß auf einem Polstersessel neben einem Kamin. Als sie ihn entdeckte, stand sie auf und lächelte ihn an. Er lief auf sie zu, sie kam ihm entgegen, und sie fielen sich um den Hals. Es war ihm egal, wer ihnen dabei zusah und wer was davon hielt. Er spürte Tränen auf seinen Wangen und wusste nicht, ob es ihre oder seine waren.

»Ich hab schon eingecheckt«, sagte sie, als sie endlich voneinander abließen. Er nickte, und sie gingen Hand in Hand zu der breiten Treppe, die in die oberen Stockwerke führte.

Freddy glaubte seinen Augen nicht zu trauen, als er einen Streifenwagen die Auffahrt hochkommen sah. Er blieb mitten vor dem Eingang stehen, und zwei uniformierte Kollegen stiegen aus.

»Max, was ist da bei euch los?«, zischte er ins Funkgerät. »Da kommen zwei Kollegen mit 'nem Streifenwagen. Gehören die etwa zu uns?«

Die beiden Beamten setzten ihre Dienstmützen auf und betraten das Hotel.

»Auf keinen Fall«, antwortete Ballauf aus dem Funkgerät. »Wir sind noch im Anflug.« Im Hintergrund war Motorenlärm zu hören. »Scheiße. Hoffentlich vermasseln die nicht alles«, hörte Freddy ihn noch sagen, bevor er die Verbindung unterbrach.

Sie hatten gerade den ersten Absatz der Treppe erreicht, als Lochte aus den Augenwinkeln zwei Polizisten wahrnahm, die durch die Glastür hereinkamen.

Sofort packte er Verena und drückte sie zur Seite, außer Sicht der Halle, dann zog er den Revolver aus der Jackentasche und spannte den Hahn. Sie wollte etwas sagen, aber er bedeutete ihr mit einer heftigen Geste, still zu sein.

Die Polizisten gingen zum Empfangstresen.

»Morgen«, grüßte der eine nachlässig den Empfangschef, was der mit einem indignierten Nicken quittierte.

»Wohnt hier ein Thomas Seiler?«, fragte der Polizist. Sein Kollege sah sich interessiert in der Halle um. Lochte drückte Verena weiter die Treppe hoch und zielte mit dem Revolver in die Halle.

»Der ist Praktikant bei uns«, sagte der Empfangschef, woraufhin sein Gegenüber eine Brieftasche auf den Tresen knallte.

»Soll mal besser auf seine Sachen aufpassen«, sagte er.

»Ich sag's ihm«, antwortete der Empfangschef höflich.

»Danke.« Der Polizist tippte an den Schirm seiner Mütze, und die beiden Beamten gingen wieder hinaus. Der eine sagte noch etwas, was sich für Lochte wie »Mann, was 'n nobler Puff« anhörte. Dann waren sie weg.

Aufatmend löste er den Hahn wieder, behielt die

Waffe aber in der Hand. Verena sah ihn fassungslos an. Dann lief sie vor ihm her die Treppe hoch.

Freddy atmete auf, als er die beiden Polizisten wieder aus dem Hotel kommen und in den Streifenwagen steigen sah. Der Wagen stieß zurück, wendete und fuhr die Ausfahrt hinunter.

»Max, die beiden Kollegen kommen jetzt wieder raus«, sagte er ins Funkgerät.

»Alles klar«, antwortete Ballauf. »Wir biegen gerade in die Zufahrt.«

»Na, die werden Augen machen«, murmelte Freddy und stellte sich vor, wie den zweien Ballauf und seine SEK-Armee entgegenkamen und ihnen klar wurde, in welcher Gefahr sie gerade gesteckt hatten.

Lochte schloss das Zimmer auf und trat mit erhobener Waffe ein. Er hatte keinen Blick für die elegante Einrichtung oder das breite Bett, das in einem erhöhten Erker mit großen Fenstern zum Park stand.

Hektisch sah er sich um und ging mit raschen Schritten zur Badezimmertür. Auch hier hob er die Waffe, bevor er sie öffnete.

»Was machst du da?«, fragte Verena hinter ihm.

Wie ertappt fuhr er herum. Sie lehnte an der geschlossenen Zimmertür und funkelte ihn an.

»Verdammt noch mal, Ronny«, zischte sie. »Was hattest du eben mit der Pistole vor?«

Etwas betreten steckte er die Waffe zurück in die Jackentasche. Dann zog er die Jacke aus. Er ließ sie einfach zu Boden gleiten und setzte sich auf die Stufen zum Erker.

Verena trat vor ihn hin.

»Hör zu«, sagte sie eindringlich. »Egal, was passiert, du musst mir vertrauen. Ich bescheiß dich nicht.«

Er sah sie an, und es gelang ihm nicht, den Zweifel aus seiner Miene zu verbannen.

»Eher würd ich sterben«, setzte sie hinzu.

Er wandte den Blick ab. Müde massierte er seine Nasenwurzel.

Sie öffnete ihre Handtasche und holte etwas daraus hervor. »Sieh mal«, sagte sie und hielt ihm einen Reisepass hin. Er war burgunderrot. »Bundesrepublik Deutschland«, stand darauf. Er nahm ihn und klappte ihn auf. Sein Foto sah ihn an. Er starrte ungläubig auf den Namen, der danebenstand.

»Du heißt jetzt Daniel Andernach«, sagte Verena.

»Was?«, fragte er mit einem verständnislosen Lachen.

»Du fliegst nach Paraguay«, sagte sie lächelnd und präsentierte ihm einen Umschlag mit einem Flugticket.

»Düsseldorf DUS – Asunción ASU«, stand da.

Er sah sie an und lachte erneut. Er verstand nicht, was vorging. Wieso wollte sie weg aus Deutschland? Davon war noch nie die Rede gewesen zwischen ihnen.

»Ich hab Verwandte, die leben da«, sagte sie kühl. »Die haben Geld … und Einfluss.«

Geld und Einfluss. Lochte grinste. Zwei Dinge, die er nur vom Hörensagen kannte.

»Da kriegst du echte Papiere. Jetzt kannst du dein neues Leben beginnen.« Sie lächelte ihn an. Es kam ihm irgendwie sehr mütterlich vor. *Zu* mütterlich für seinen Geschmack.

»Und du?«, fragte er. »Was machst du?«

»Ich komm nach«, sagte sie.

»Aber ich dachte, wir –«

»Kein Aber«, unterbrach sie ihn. »Jetzt musst du beweisen, dass du's schaffst. Du wolltest eine Chance – und da hast du sie.«

Er kaute auf der Unterlippe. Sie hatte natürlich recht. Wie sie ja immer recht hatte, wenn es um ihn ging. Sie wusste immer, was das Richtige für ihn war.

Warum fühlte es sich so falsch an?

Sie streifte ihr Jackett ab und legte es über die Stuhllehne. Entschlossen stand er auf. Er griff sanft nach ihrer Hand und zog sie die Stufen hoch zum Bett, dort drehte er sie tänzerisch um ihre Achse und ließ sie rückwärts auf die rote Tagesdecke fallen.

Sie hatte die Augen geschlossen. Ihre Miene war ängstlich. Er ließ sich neben sie sinken. Den Kopf auf die eine Hand gestützt, liebkoste er mit der anderen ihre Wangen und ihre Haare. Schließlich hauchte er einen Kuss auf ihre Lippen. Er spürte ihren Atem. Erregung und Verlangen ließen ihn zittern. Langsam tastete sich seine Hand an ihrem Pullover hinunter, strich sanft über die darunter verborgenen Brüste und ihre Hüften. Als seine Finger den Saum des Pullovers erreicht hatten, fuhren sie vorsichtig darunter und arbeiteten sich langsam wieder nach oben. Er schloss die Augen, als er erstmals ihre nackte Haut spürte. Er strich zärtlich um ihren Bauchnabel herum, aber als er weiter vorzudringen versuchte, hielt sie seine Hand fest.

»Ronny, ich muss noch mal ins Bad«, flüsterte sie.

Mit einem ergebenen Lächeln gab er sie frei und ließ sich in die Kissen sinken. Er sah ihr nach, wie sie im Bad verschwand. Zu seinem Bedauern zog sie die Tür hinter sich zu.

Er schloss die Augen und atmete konzentriert ein und aus. Es war so viel, was gerade auf ihn einstürmte. Er musste versuchen, die Ruhe und den Überblick zu bewahren, aber im Moment konnte er an nichts anderes denken als an Verena und ihren Körper. Er öffnete die Augen wieder und sah ungeduldig zur Badezimmertür.

Das Telefon auf dem Nachttisch begann zu läuten. Er musste sich strecken, um an den Hörer zu kommen.

»Rezeption. Kann ich bitte Frau Radek sprechen?«, sagte eine Männerstimme.

»Oh, das ist gerade ganz schlecht«, sagte Lochte entspannt. »Worum geht's denn?«

Das fehlte noch, dachte er, dass die ausgerechnet jetzt mit irgendeinem Servicekram ankamen. Er hatte keine Lust, sich wegen einer Gratisflasche Sekt bei dem stören zu lassen, was er vorhatte.

»Es tut mir sehr leid, aber ihre Kreditkarte ist defekt«, sagte die Stimme am anderen Ende.

Lochte verzog das Gesicht. »Hat das nicht Zeit bis morgen?«, fragte er.

»Es ist in Frau Radeks Interesse«, sagte der Mann. »Sie sollte die Karte so schnell wie möglich sperren lassen.«

»Okay«, antwortete Lochte ergeben. »Sie kommt runter.«

»Sie kommt«, sagte der Empfangschef kühl und legte auf.

»Sobald sie da ist, gehen wir rein«, sagte Ballauf zu dem SEK-Leiter. »Was ist mit Ihren Leuten draußen?«

»Sind gleich in Stellung«, antwortete der Mann durch seine Sturmmaske.

Der Blick des Empfangschefs streifte zutiefst besorgt und angeekelt die schwarz vermummte Truppe, die in schweren Stiefeln auf den Perserläufern seiner Empfangshalle herumstand.

Polizei hatte in einem Haus wie diesem schlechterdings nichts zu suchen. Der Besuch der beiden Herren zuvor hatte ihm bereits völlig gereicht. Er hatte diesem Praktikanten, diesem Seiler, auch schon gehörig die Leviten gelesen.

Aber dies hier ging eindeutig zu weit. Nicht nur, dass seine Gäste unnötigerweise erschreckt wurden. Die Aufmachung dieser Herrschaften ließ darauf schließen, dass man mit Blutvergießen rechnen musste.

Und Blutvergießen kam in einem Haus wie dem seinen schlicht nicht in Frage.

Er unterdrückte ein Seufzen.

Lochte legte auf. Seine Stimmung hatte gelitten, aber er hatte nicht vor, sich von einer Kreditkarte seinen ganz speziellen Feiertag verderben zu lassen.

Er sprang aus dem Bett und hüpfte die Stufen hinunter. Aus der Minibar suchte er zwei Fläschchen Weißwein heraus und kickte mit der Ferse die Tür des kleinen Kühlschranks wieder zu.

Die Tür zum Bad öffnete sich endlich, und Verena kam heraus. In jeder Hand eine Flasche tänzelte er auf sie zu.

»Was war denn?«, fragte sie mit Blick auf das Telefon.

Er küsste sie auf den Mund, auf die Wange und den Hals.

»Irgendwas mit deiner Kreditkarte«, nuschelte er zwischen zwei Küssen.

»Was soll mit der sein?«

»Kein Ahnung. Du möchtest zur Rezeption kommen.« Er schloss die Augen, schmiegte sich an ihr Haar und küsste ihre Halsbeuge. »Beeil dich aber bitte«, murmelte er.

Als er die Augen wieder öffnete, fiel sein Blick durch das Fenster in den prachtvollen Park des Hotels.

Ein Mann lief dort eilig zwischen den Büschen her und verschwand hinter einem Baum. Er trug einen schwarzen Helm, eine schusssichere Weste und eine Maschinenpistole in den Händen.

Lochte machte einen Satz vom Fenster weg. Mit zwei Schritten war er bei seiner Jacke. Er zerrte den Revolver hervor. Hastig lief er zur Zimmertür und verriegelte sie.

»Was ist denn?«, fragte Verena verständnislos.

»Also doch!«, stieß Lochte voller Zorn hervor und stürmte auf sie zu.

»Was hast du?«, fragte sie entgeistert, als er sie packte und gegen die Wand presste.

»Die Bullen!«, schrie er ihr ins Gesicht. »Du hast mich reingelegt. Ein zweites Mal!«

»Was?« Sie sah ratlos aus dem Fenster, wo nichts zu sehen war als Büsche, Bäume und Rasen.

»Warum?«, brüllte er verzweifelt.

»Ronny, ich schwör dir, ich hab keine …«

»Warum machst du das?«, fiel er ihr ins Wort.

Rasend vor Wut schlug er sich die Faust an die Stirn. »Du und die Bullen! Ihr stellt mir die Falle, und ich tappe rein wie ein verliebter Idiot!«

»Ronny …«

»Ein verliebter Idiot! Genau das bin ich!«, schrie er und starrte sie an. Der Schmerz, von ihr verraten worden zu sein, war so stark, dass er nicht einmal Hass fühlen konnte. Mühsam beruhigte er seinen Atem.

»Klar«, sagte er dann und nickte verstehend. »Im Nachhinein ist alles logisch. Der Tote in der Gerichtsmedizin, von dem kaum noch was übrig war …«

Wütend schlug er den Kolben des Revolvers gegen

die Wand. Dass er damit eine Beule in der Textiltapete hinterließ, gab ihm ein winziges, bösartiges Gefühl der Freude. Heftig schlug er noch ein paarmal zu.

»Das glaub ich nicht!«, sagte Verena entschieden.

Sie befreite sich aus seinem Griff und ging zu ihrer Handtasche. Entschlossen kippte sie den Inhalt auf den kleinen Rokokoschreibtisch, der neben der Tür zum Bad stand, und durchwühlte ihn zielstrebig. Das Handy war aus. In der Brieftasche war nichts zu finden. Sie klappte das Schminkmäppchen auf. Die Batterieleuchte blieb aus. Die Kunststoffhalterung des Spiegels schien irgendwie schief zu sitzen. Mit dem Fingernagel hakte sie dahinter und klappte die Halterung auf.

Hinter dem Spiegel klemmte eine kleine Batterie, an die eine noch kleinere Platine mit elektronischen Bauteilen angeschlossen war. Eine rote Diode darauf blinkte.

Sie sank auf den Schreibtischstuhl und sah fassungslos zu Lochte, der neben dem Fenster in Deckung stand und vorsichtig hinauslugte. Ihre Gedanken rasten. Wann und wie konnten sie ihr dieses Ding untergeschoben haben?

Natürlich! In der Gerichtsmedizin hatte sie die Tasche im Büro des Pathologen mit dem traurigen Schnäuzer stehen lassen.

Was waren das nur für hinterhältige Schweine, dachte sie. Wie konnte sie Ronny nur davon überzeugen, dass auch sie reingelegt worden war? Natürlich würde er ihr nicht glauben. Warum sollte er?

»Du hast deinen Job toll gemacht«, sagte Lochte höhnisch. Er trat vom Fenster zurück auf sie zu und zerrte sie von ihrem Stuhl hoch. »Außer einer kleinen Panne. Wenn du jetzt schön da unten wärst, bei deinen Freunden, dann hätten sie hier längst die Tür eingetreten.«

Wieder läutete das Telefon. Er lief zum Bett und nahm ab.

»Ja, Rezeption noch mal«, sagte der Mann. Er klang unsicher. »Ist Frau Radek schon unterwegs?«

»Frau Radek«, sagte Lochte, »steckt in der Scheiße!«

»Wie bitte?«, fragte der Empfangschef schockiert.

»Geben Sie mir die Bullen!«

Der Empfangschef sah Ballauf an.

»Er will Sie sprechen«, sagte er und reichte ihm mit angeekelter Miene den Hörer.

»Ballauf hier«, meldete er sich. Auf seiner Stirn stand eine senkrechte Falte. »Herr Lochte, wir kommen jetzt hoch.«

»Das solltet ihr euch besser noch mal überlegen«, antwortete Lochte.

»Lassen Sie Frau Radek bitte gehen«, sagte Ballauf. Er fing Freddys fragenden Blick auf und deutete die Treppe hoch.

Lochte lachte hämisch. »Das habt ihr euch wohl so gedacht«, sagte er.

Freddy lief die Treppe hoch, bemüht, so wenig Geräusch wie möglich zu machen. Auf eine Geste ihres Chefs folgten ihm vier der SEK-Leute.

»Sie war doch vollkommen ahnungslos«, sagte Ballauf eindringlich. »Wir haben die Frau ausgetrickst.«

»Is wohl 'n Hobby von euch, was?«

Lochte legte auf.

Freddy hatte die Tür des Hotelzimmers erreicht. Seine Magnum in der gehobenen Hand, trat er leise heran und legte lauschend das Ohr ans Türblatt. Es war nichts zu hören.

Er trat ein paar Schritte zurück.

»Lochte!«, rief er dann. »Machen Sie die Tür auf und nehmen Sie die Hände hoch.«

Als Antwort knallte eine Kugel durch die geschlossene Tür, genau an der Stelle, an der eben noch sein Ohr gewesen war. Das Projektil pfiff an Freddys Kopf vorbei und schlug in den verglasten Rahmen eines teuer wirkenden Kunstdrucks an der gegenüberliegenden Wand des Flurs.

Freddy zog sich eilig um die Ecke des Ganges zurück, wo die vier SEK-Leute hockten. Einer der Männer murmelte etwas, das sich wie »Da hätt ich mich auch wirklich nicht hingestellt« anhörte. Freddy fragte nicht nach.

Ballauf kam hinter ihnen die Treppe hoch. Auch er hatte seine Walther in der Hand.

»Werfen Sie die Waffe weg, Lochte«, rief Freddy um die Ecke in Richtung Tür. »Und lassen Sie Frau Radek gehen.«

Er erhielt keine Antwort. Nachdenklich schürzte er die Lippen.

»Bleib dran«, flüsterte er Ballauf zu und zog sich in den hinteren Teil des Flurs zurück.

Ballauf sah ihm nur kurz fragend nach, dann wandte er sich wieder der Tür zu.

»Lochte!«, rief er. »Sie haben keine Chance. Das Haus ist umstellt.«

Lochte schwieg. Ballauf verzog den Mund. Die Sache konnte dauern. Solange Verena da drin war, war an einen Zugriff nicht zu denken.

Freddy hatte sein Handy aus der Tasche gezogen und die Nummer des Büros angewählt.

»Pass auf«, sagte er, als Franziska sich meldete. »Tu genau, was ich dir sage …«

Lochte sah Verena höhnisch an.

»Du musst mir *vertrauen*, Ronny«, äffte er sie nach. »Ich *bescheiß* dich nicht. Eher würd ich *sterben*, hä?«

Sie hockte tränenüberströmt auf den Stufen und sah hilflos zu ihm hoch.

Er ging zum Rand des Fensters, um wieder hinauszuspähen. Die SEK-Leute hatten sich mittlerweile unsichtbar gemacht. Er glaubte keine Sekunde, sie seien weg.

»Fast hättest du sogar mit mir vögeln müssen«, sagte er mit einem bösen Grinsen. »Du Arme! Da hast du gelegen und gelitten. Warum rufen die nicht endlich an, damit ich aus seinem Bett rauskomm!« Angewidert machte er eine wegwerfende Handbewegung.

Verena schüttelte protestierend den Kopf.

»So war's nicht!«, rief sie mit zitternder Stimme.

»Nein?«, bellte er. »Wie *denn*?« Er hatte nicht vor, sich weiter von ihr hinters Licht führen zu lassen. Nicht noch einmal.

»Ronny bitte, du … du mu…«, sie rang nach Atem und Worten, »… du *musst* mir glauben!«

Er zog den Vorhang ein wenig zur Seite und zuckte zurück. Hinter einer kleinen Natursteinmauer sah er den Lauf einer Waffe hervorragen. Er zielte auf das Fenster.

Er klappte die Trommel des Revolvers auf und knirschte mit den Zähnen. Drei der fünf Patronen darin waren abgefeuert worden.

Mit der ersten hatte der Förster auf ihn geschossen. Mit der zweiten hatte er den Polizisten in Mangolds Garten erwischt. Die dritte hatte er gerade durch die Tür gefeuert.

Zwei blieben ihm.

Für wen?

Irgendwo hinten in seinem Kopf gab es eine Stelle, der klar war, dass er keine Chance hatte. Aber es war nicht die Stelle, die sein Handeln steuerte. Das war eine andere: Die, die ihm sagte, dass er keine Gerechtigkeit zu erwarten hatte, wenn er denen wieder in die Hände fiel. Sie hatten ihn sechs Jahre eingesperrt für eine Tat, die er nicht begangen hatte. Was würden sie nun mit ihm machen, wo er das Leben von drei Menschen auf dem Gewissen hatte?

Die Mutter seiner Tochter hatte ihn verraten, wie konnte er sich wundern, wenn diese Kunstlehrerin nun das Gleiche tat?

Zwei Kugeln, dachte er.

Eine für mich.

Aber dann sah er Annikas Gesicht vor sich.

Er durfte es nicht tun. Das Einzige, was er für seine Tochter tun konnte, war, am Leben zu bleiben. Es musste eine Lösung geben. Aber er hatte keine Ahnung, welche.

»Was machen wir?«, fragte der SEK-Leiter.

»Abwarten«, murmelte Ballauf. »Halten Sie Ihre Leute in Stellung.«

Er ging nach hinten, wo Freddy mit seinem Handy telefonierte. Am Treppenabsatz stand der Empfangschef und starrte protestierend auf das Geschehen.

»Wer ersetzt dem Hotel eigentlich den entstehenden Schaden?«, fragte er.

»Da werden Sie sich schon an den Herrn Lochte wenden müssen«, sagte Ballauf mit dem freundlichsten Lächeln, das er in dieser Situation hinbekam. »Aber ich fürchte, es wird dauern, bis der bezahlt ... Und nun gehen Sie *bitte* wieder runter.« Der Ton, in dem er die letzten Worte gesprochen hatte, beeindruckte den Empfangschef immerhin genug, um zu gehorchen. Er ging die Treppe hinab und bezog wieder die Stellung hinter seinem Tresen.

»Mit wem telefonierst du eigentlich die ganze Zeit. Holst du Hilfe vom LKA?«, fragte Ballauf.

Freddy sah ihn fassungslos an. »Sag mal, hast du sie noch alle? LKA? Ich?«

Ballauf zuckte die Achseln. »Kann doch sein. Vielleicht glaubst du ja, die gingen rücksichtsvoller mit deinem Lieblingsverbrecher um als ich.«

»Also weißt du ...« Freddy tippte sich an die Stirn. »Lieblingsverbrecher ... Halt ihn einfach noch ein bisschen hin.«

»Bis wann?«

»Bis Hilfe kommt«, antwortete Freddy ärgerlich und ließ ihn stehen.

Lochte konnte nicht sagen, wie lange er neben dem Fenster stand und durch die Vorhänge starrte. Es kam ihm vor, als sei es eine halbe Ewigkeit.

Verena hockte stumm und bewegungslos hinter ihm auf den Stufen. Nur ihr Schluchzen war zu hören.

Mittlerweile hatte er nicht weniger als vier Polizisten in ihren Verstecken im Park ausgemacht. Er nahm an, dass noch mal die gleiche Anzahl vor der Zimmertür lauerte.

Seit einiger Zeit herrschte Ruhe draußen. Sie hatten ihn ein paarmal aufgefordert, aufzugeben, aber er hatte nicht geantwortet. Er ärgerte sich über den unbeherrschten Schuss, den er auf die Tür abgefeuert hatte. Nicht nur, weil es ihn sinnlos eine seiner wenigen Kugeln gekostet hatte. Sondern auch, weil er Schenk hätte treffen und töten können.

Aber als er Schenks Stimme gehört hatte, war etwas in ihm ausgetickt. Er hatte den Mann leben lassen, als er ihn in der Hand hatte, und nun lockte genau dieser Mann ihn hier in diesen Hinterhalt.

Er hätte ihn nur ein Gleis weiter hinlegen müssen. Wütend wischte er den Gedanken beiseite.

Ein Martinshorn näherte sich draußen, es schien die Auffahrt heraufzukommen. Wahrscheinlich bekamen die Bullen Verstärkung. Aber was würde das ändern?

Zwei Kugeln.

Ob sie das wussten?

»Wie lief's?«, fragte Freddy, als Franziska aus dem Streifenwagen gestiegen war.

»Ziemlich problemlos«, antwortete sie. »Die Schulleiterin war von meinem Dienstausweis ausreichend beeindruckt. Aber wenn Frau Meerbusch im Krankenhaus nicht total unter Beruhigungsmitteln stünde, hätten wir sie um Erlaubnis fragen müssen. Und ob die mitgespielt hätte …«

Annika stand neben ihnen und staunte das imposante Gemäuer des Hotels an.

»Da drin ist Papa?«, fragte sie.

Freddy nickte und lächelte ihr beruhigend zu.

Plötzlich brach Verena ihr Schweigen. Ihre Stimme war heiser und belegt, aber sie klang entschlossen.

»Ronny, nimm mich als Geisel«, sagte sie. »Das ist der einzige Weg für dich, hier rauszukommen«, sagte sie und wischte sich die Tränen aus dem Gesicht.

Irgendetwas gab ihm das Gefühl, sie meine es ernst, aber er war schon zwei Mal auf sie und ihre grünen Augen reingefallen.

»Ist das ‘n neuer Trick von dir?«, fragte er.

Sie stand auf und trat zu ihm.

»Ich bin dein Schutzschild!«, sagte sie eindringlich.

Er sah sie nicht an. Natürlich hatte er daran gedacht. Aber es war ihm klar, dass er ihr im Ernstfall doch kein Haar würde krümmen können. Wenn sie ihm davonlief, was würde er tun können? Ihr in den Rücken schießen?

Er konnte ihr nichts tun, und sie wusste das. Deshalb wäre der Versuch sinnlos, wenn er ihr nicht traute.

Und er traute ihr nicht.

Sie kam dicht an ihn heran.

»Du bleibst immer dicht hinter mir. Es ist ganz einfach.« Sie drängte ihren Rücken an ihn und legte seinen Arm mit der Waffe um ihren Hals. »Siehst du, so. So kommen wir raus bis zu meinem Auto. Ballauf wird niemals schießen lassen.«

»Ah, Ballauf.« Lochte stieß sie weg. »Ist das dein neuer Freund?«

Resigniert ließ sie die Schultern sinken.

»Ach Ronny …«, seufzte sie leise.

»Lochte!«, rief plötzlich Schenks Stimme vom Flur her. »Hier will Sie jemand sprechen.«

Franziska schob Annika nach vorn an die Ecke des Ganges, wo Ballauf stand. Die Kleine sah sie über die Schulter hinweg hilfesuchend an. Franziska klopfte ihr ermutigend auf die Schulter, und Annika nickte entschlossen.

»Papa?«, rief sie in Richtung der Tür mit dem Schussloch. Ihre kleine Stimme zitterte. Sie räusperte sich. »Papa!«, rief sie erneut, diesmal kräftiger. »Komm bitte raus!«

Ballauf glaubte, hinter der Tür einen überraschten Ruf und ein leises Poltern zu hören, aber er war nicht sicher.

»Papa, du bist doch kein Mörder!«, rief die Kleine flehend. »Mach doch die Tür auf. Ich will nicht, dass dir was passiert ... Und der Frau auch nicht«, setzte sie etwas leiser hinzu.

Doch die Tür blieb geschlossen, und Annika sah unsicher zu Ballauf. Er bedeutete ihr mit einem ermutigenden Nicken, nicht nachzulassen.

»Papa, du hast mir gesagt, dass du nie einem was getan hast, außer in Notwehr ... War das gelogen?« Ihre Stimme wurde immer leiser. Ballauf sah zu dem Mädchen hinunter, das da neben ihm stand. Tränen liefen ihr über die Wangen, aber sie blieb tapfer und aufrecht neben ihm stehen.

Ballauf sah zur Tür. »Lochte!«, rief er laut. »Kommen Sie raus. Oder wollen Sie, dass ihre Tochter mitbekommt, wie ihr Vater hier zum Metzger wird?«

Nach ein paar Sekunden hörten sie, wie der Schlüssel im Schloss gedreht wurde. Ballauf hob die Pistole und zielte auf die Tür.

Sie öffnete sich. Verena Radek stand darin. Hinter ihr, mitten im Raum stand Lochte. Er hielt noch den Revolver in der Hand, aber sein Arm hing kraftlos am Körper herab.

Ein wenig zögerlich kam Verena auf Ballauf zu, so als erwarte sie, von Lochte wieder zurückgerissen zu werden; und Ballauf fragte sich, ob sie es fürchtete oder wünschte.

Als sie auf einen Meter heran war, packte er sie entschlossen bei den Armen und zerrte sie um die Ecke aus Lochtes Schussfeld.

Aber Lochte stand nur stumm und reglos an seinem Platz mitten im Zimmer. Sein Blick hing an seiner Tochter.

»Papa!«, rief Annika verzweifelt. Sie wollte loslaufen, zu ihrem Vater, aber Franziska umfasste sie von hinten mit beiden Armen.

»Annika, bleib hier«, sagte sie eindringlich. »Bleib hier!« Es wäre wirklich ein schlechter Tausch, wenn Lochte Annika statt Verena Radek in seine Gewalt bekäme, fuhr es ihr durch den Kopf.

Die Kleine versuchte sich aus ihrem Griff zu befreien, und Franziska hielt sie fest, so sanft es eben ging.

Immer noch stand Lochte da und starrte Annika an. Endlich lösten sich seine Finger von dem Revolver, und die Waffe fiel polternd zu Boden.

Noch in derselben Sekunde stürmten zwei der SEK-Leute aus ihrer Deckung ins Zimmer. Freddy folgte ihnen mit gehobener Waffe.

Lochte schien das alles gar nicht mehr wahrzunehmen. Alles, was er sah, waren die Augen des kleinen Mädchens draußen auf dem Flur.

»Bring die Kleine weg ... bitte«, sagte er heiser zu Freddy. »Ich will nicht, dass sie sieht, wie ihr Vater abgeführt wird.«

Freddy nickte Franziska zu.

»Okay«, flüsterte Franziska dem Mädchen ins Ohr. »Komm, Annika.«

»Nein!«, protestierte die Kleine und begann zu weinen. »Papa!«

»Komm«, wiederholte Franziska sanft und zog das sich heftig wehrende Kind von ihrem Vater weg.

»Nein! Papa!« Die Kleine schrie und weinte hemmungslos, aber Franziska trug sie die Treppe hinunter.

Lochte sah ihr starr hinterher. Erst als sich Freddys Handschellen um seine Handgelenke schlossen, kehrte er in die Gegenwart zurück.

Er sah Freddy an und lächelte.

»Auf den Gleisen, was hast du da gedacht?«, fragte er.

Freddy sah ihm direkt in die Augen. »Das geht dich 'n Scheißdreck an«, sagte er.

***

Arno stellte die nächsten beiden Kölsch auf den Tresen der Wurstbraterei, und Freddy trug sie zum Stehtisch hinüber.

Sie stießen an und tranken.

»Sag mal, hast du angerufen?«, fragte Freddy und wischte sich den Schaum von der Oberlippe.

»Wen?«, fragte Ballauf, der gedankenverloren auf den dunklen Fluss hinaussah.

»Bei mir zu Hause«, erklärte Freddy. »Letzte Nacht.«

»Ja klar.« Ballauf zuckte die Schultern. »Hat aber keiner abgenommen«, setzte er beiläufig hinzu.

Freddy lachte tonlos. »Arno, machst du noch zwei?«, rief er.

»Jau«, erhielt er zur Antwort.

»Und?«, fragte Ballauf. »Hat sie sich Sorgen gemacht, deine Frau?«

Freddy setzte das Glas an und trank es aus. »Ist keinem was aufgefallen«, sagte er. »Mich hat keiner vermisst.«

Ballauf grinste halb. »Dann könnten wir ja jetzt eigentlich einen draufmachen … theoretisch …«, setzte er hinzu, als er Freddys Blick auffing, der gar nicht amüsiert wirkte.

»Irgendwie keine Lust«, murmelte Freddy.

»Ich auch nicht«, sagte Ballauf.

Arno brachte ihnen die nächsten Biere an den Tisch.

»Wohlsein«, sagte er.

»Danke«, sagte Freddy.

»Sag mal, trinken wir hier noch ‘n Klaren?«, fragte Ballauf.

»Logisch«, antwortete Freddy. »Arno, zwei Kurze!«

»Jau«, erhielt er zur Antwort.

Das Erste

rbb
RUNDFUNK BERLIN-BRANDENBURG

Oliver G. Wachlin
BLINDER GLAUBE
Kriminalroman nach der gleichnamigen
ARD-Serie »Tatort«
© Das Erste / Rundfunk Berlin-Brandenburg (rbb)
Agentur: WDR mediagroup licensing GmbH
Nach dem Tatort-Krimi von Andreas Pflüger
Broschur, 160 Seiten
ISBN 978-3-89705-660-2

»Hitverdächtig. Auf die Bestsellerverfilmung folgt nun die Quotenhitverschriftlichung.« tvmedia

mdr

Oliver G. Wachlin
TODESSTRAFE
Kriminalroman nach der gleichnamigen
ARD-Serie »Tatort«
© Das Erste / MDR, Lizenz durch Telepool GmbH
Agentur: WDR mediagroup licensing GmbH
Nach dem Tatort-Krimi von Mario Giordano
und Andreas Schlüter
Broschur, 176 Seiten
ISBN 978-3-89705-665-7

»Der gelungene Einstieg eines neuen Teams.«
Kriminalakte

radiobremen

Christoph Ernst
STRAHLENDE ZUKUNFT
Kriminalroman nach der gleichnamigen
ARD-Serie »Tatort«
© Das Erste / Radio Bremen
Agentur: WDR mediagroup licensing GmbH
Nach dem Tatort-Krimi von Christian Jeltsch
Broschur, 160 Seiten
ISBN 978-3-89705-666-4

»Eine spannend präsentierte Story mit Aktualitätsbezug, Action und einem unvorhersehbaren Final-Twist.« www.buchwurm.de

Das Erste

WDR

Martin Schüller
DIE BLUME DES BÖSEN
Kriminalroman nach der gleichnamigen
ARD-Serie »Tatort«
© Das Erste, WDR
Agentur: WDR mediagroup licensing GmbH
Nach dem Tatort-Krimi von Thomas Stiller
Broschur, 160 Seiten
ISBN 978-3-89705-658-9

»Viel mehr als eine bloße Drehbuch-Niederschrift: fesselndes Kopfkino für ›Tatort‹-Fans!« Hörzu

BR

Martin Schüller
A GMAHDE WIESN
Kriminalroman nach der gleichnamigen
ARD-Serie »Tatort«
© Das Erste / BR, Lizenz durch Telepool GmbH
Agentur: WDR mediagroup licensing GmbH
Nach dem Tatort-Krimi von Friedrich Ani
Broschur, 160 Seiten
ISBN 978-3-89705-664-0

»Die Sympathie für die kleinen Leute schimmert in der Romanfassung vielleicht sogar etwas stärker als im Film durch. Ein guter Krimi.« Kriminalakte

SR

Martin Conrath
AUS DER TRAUM ...
Kriminalroman nach der gleichnamigen
ARD-Serie »Tatort«
© Das Erste / Saarländischer Rundfunk
Agentur: WDR mediagroup licensing GmbH
Nach dem Tatort-Krimi von Fred und
Léonie-Claire Breinersdorfer
Broschur, 176 Seiten
ISBN 978-3-89705-661-9

»Die Charaktere werden plastisch gezeichnet.«
Kriminalakte

Das Erste

NDR

Hannes Nygaard
ERNTEDANK
Kriminalroman nach der gleichnamigen
ARD-Serie »Tatort«

Nach dem Tatort-Krimi von Angelina Maccarone
Broschur, 176 Seiten
ISBN 978-3-89705-659-6

»Hannes Nygaard, der seit vielen Jahren Kriminalromane schreibt, die im norddeutschen Raum, vor allem in der Gegend um Husum spielen, hat sich dieses Tatorts angenommen.« NDR 1 Niedersachsen

SWR

Susanne Kraft
SEENOT
Kriminalroman nach der gleichnamigen
ARD-Serie »Tatort«

Nach dem Tatort-Krimi von Dorothee Schön
Broschur, 208 Seiten
ISBN 978-3-89705-663-3

»Der idyllische Bodensee wird zum Schauplatz blutiger Verbrechen.« Auf einen Blick

SWR

Martin Conrath
VERMISST
Kriminalroman nach der gleichnamigen
ARD-Serie »Tatort«

Nach dem Tatort-Krimi von Christoph Darnstädt
Broschur, 160 Seiten
ISBN 978-3-89705-735-7

»Zwanzig Jahre Lena Odenthal: Krimiautor Martin Conrath ist eine packende Romanfassung des Jubiläums-TV-Stoffs gelungen.«

Das Erste

WDR

Martin Schüller
MOLTKE
Kriminalroman nach der gleichnamigen
ARD-Serie »Tatort«
© Das Erste, WDR
Agentur: WDR mediagroup licensing GmbH
Nach dem Tatort-Krimi von Axel Götz,
Jan Hinter und Thomas Wesskamp
Broschur, 160 Seiten
ISBN 978-3-89705-734-0

»Martin Schüller hat den Grimme-Preisgekrönten Klassiker gekonnt umgesetzt: stimmig und auf den Punkt geschrieben bringt er einen der größten Momente der Fernsehgeschichte aufs Papier.«

WDR

Martin Schüller
TEMPELRÄUBER
Kriminalroman nach der gleichnamigen
ARD-Serie »Tatort«
© Das Erste, WDR
Agentur: WDR mediagroup licensing GmbH
Nach dem Tatort-Krimi von Magnus Vattrodt
Broschur, 160 Seiten
ISBN 978-3-89705-733-3

»Hier bekommt man, was draufsteht: Einen Original-Tatort mit original Tatort-Stimmung, spannend und aus einem Guss.« Münstersche Zeitung

hr

Uli Aechtner
BEVOR ES DUNKEL WIRD
Kriminalroman nach der gleichnamigen
ARD-Serie »Tatort«
© Das Erste / hr, Frankfurt
© 2009 hrMedia Lizenz- und Verlagsgesellschaft mbH
Agentur: WDR mediagroup licensing GmbH
Nach dem Tatort-Krimi von Henriette Piper
Broschur, 160 Seiten
ISBN 978-3-89705-662-6

»Romanautorin Uli Aechtner setzt die packende Dramaturgie des Filmplots mit ruhiger Hand um und führt die Figuren sensibel durch einen fast erschreckend realen Kriminalfall.«

Das Erste

NDR

Hannes Nygaard
BOROWSKI UND DIE EINSAMEN HERZEN
Kriminalroman nach der gleichnamigen
ARD-Serie »Tatort«

Agentur: WDR mediagroup licensing GmbH
Nach dem Tatort-Krimi von Thomas Schwank
Broschur, 160 Seiten
ISBN 978-3-89705-745-6

rbb
RUNDFUNK BERLIN-BRANDENBURG

Oliver G. Wachlin
TODESBRÜCKE
Kriminalroman nach der gleichnamigen
ARD-Serie »Tatort«

Agentur: WDR mediagroup licensing GmbH
Nach dem Tatort-Krimi von Frauke Hunfeld
Broschur, 160 Seiten
ISBN 978-3-89705-746-3

mdr

Oliver G. Wachlin
SCHWARZER PETER
Kriminalroman nach der gleichnamigen
ARD-Serie »Tatort«

Agentur: WDR mediagroup licensing GmbH
Nach dem Tatort-Krimi von Katrin Bühlig
Broschur, 160 Seiten
ISBN 978-3-89705-744-9

Das Erste

WDR

Martin Schüller
DAS EWIG BÖSE
Kriminalroman nach der gleichnamigen
ARD-Serie »Tatort«

Agentur: WDR mediagroup licensing GmbH
Nach dem Tatort-Krimi von Rainer Matsutani
Broschur, 160 Seiten
ISBN 978-3-89705-748-7

WDR

Martin Schüller
DAS PHANTOM
Kriminalroman nach der gleichnamigen
ARD-Serie »Tatort«

Agentur: WDR mediagroup licensing GmbH
Nach dem Tatort-Krimi von Norbert Ehry
Broschur, 160 Seiten
ISBN 978-3-89705-747-0

BR

Hannsdieter Loy
STARKBIER
Kriminalroman nach der gleichnamigen
ARD-Serie »Tatort«

Agentur: WDR mediagroup licensing GmbH
Nach dem Tatort-Krimi von Michael Wogh
Broschur, 176 Seiten
ISBN 978-3-89705-743-2

Das Erste
tatort
Deutschlands erfolgreichste Krimireihe
Die beliebtesten Ermittler, die besten Fälle
Jetzt überall auf DVD im Handel!
REGELMÄSSIG NEUE EINZEL-FOLGEN UND BOX-SETS – DAS IDEALE GESCHENK
DUISBURG
SCHIMANSKI-BOX
MÜNSTER
THIEL/BOERNE-BOX
KIEL
REIFEZEUGNIS
Ausführliche Infos unter www.tatort.aufdvd.de
© ARD Landesrundfunkanstalten, ORF, SF. Lizenzen durch Bavaria Media GmbH, Degeto Film GmbH, hr Media Lizenz- und Verlagsgesellschaft mbH,
rbb media GmbH, Studio Hamburg Distribution & Marketing GmbH, SWR Media Services GmbH, Telepool GmbH und WDR mediagroup licensing GmbH.
BR hr mdr NDR radiobremen rbb SR SWR WDR ORF SF